愛經典

閱讀經典，成為更好的自己。

И. С. Тургенев

# 初戀

伊凡·屠格涅夫——著　駱家——譯

吉娜伊達站在我的面前，側著低下頭，好像就是為了能把我看得更清楚。
她鄭重其事地將手伸給了我。

「您坐在那麼高的地方做什麼？」她問我，帶著一種怪異的笑。「您看，」她接著說：
「您總是說您愛我，如果您真的愛我，那麼就跳到路上，到我這裡來。」

我的父親背對著我站在那裡，他的胸口抵著窗臺；
而小屋裡，一位半個身子被窗簾擋住的黑衣女子坐著跟我父親說話，她就是吉娜伊達。
我呆若木雞。

她手裡拿著那種我叫不出名字但孩子又都很熟悉的灰白色小花，
一個個輕輕敲打他們的額頭。

他看見眼前這條月光下的路——回家的路，像一支筆直的箭；
他看見天空中數不清的星星照亮他的路途。

格拉西姆什麼也沒聽見，無論是木木落水一閃而過的尖叫聲，還是沉悶的濺水聲。
對他而言，最喧囂的白天也是默然無聲的。

那棵高大、孤獨的白蠟樹下的石凳上，我一坐就是很久。

加京最後承認他「今天沒有靈感」，跟我並排躺下，
於是年輕人之間那種自由自在的談話很快就汩汩而出。

她簡直就像是法爾內西納別墅裡的那位拉斐爾式的小嘉拉提亞。

# 緣起



卡爾維諾說：「『經典』即是具影響力的作品，在我們的想像中留下痕跡，並藏在潛意識中。正因『經典』有這種影響力，我們更要撥時間閱讀，接受『經典』為我們帶來的改變。」因為經典作品具有這樣無窮的魅力，時報出版公司特別引進大星文化公司的「作家榜經典文庫」，期能為臺灣的經典閱讀提供另一選擇。

作家榜經典文庫從二〇一七年起至今，已出版超過一百本，迅速累積良好口碑，不斷榮登各大暢銷榜，總銷量突破一千萬冊。本書系的作者都經過時代淬鍊，其作品雋永，意義深遠；所選擇的譯者，多為優秀的詩人、作家，因此譯文流暢，讀來如同原創作品般通順，沒有隔閡；而且時報在臺推出時，每部作品皆以精裝裝幀，質感更佳，是讀者想要閱讀與收藏經典時的首選。

現在開始讀經典，成為更好的自己。

## 目次

# 初戀

獻給

巴·瓦·安年科夫[1]

---

1 一八一三——一八八七，俄羅斯文學評論家、文學史學家，屠格涅夫的朋友。

客人早已各自乘車散去。午夜十二點半的鐘聲敲響。房間裡只留下主人，還有謝爾蓋．尼古拉耶維奇和弗拉基米爾．彼得洛維奇。

主人按鈴，吩咐將餐桌收拾乾淨。

「好啦，這件事就這麼定了，」他說完，身體更深地坐進安樂椅，點燃一支雪茄，「我們三個人都必須把自己的初戀講出來。先從您開始，謝爾蓋．尼古拉耶維奇。」

謝爾蓋．尼古拉耶維奇，圓滾滾的有點發福，胖嘟嘟的臉上蓄著白鬍子，朝左邊望了一眼主人，隨後抬頭看著天花板。

「我沒有初戀，」他最後說：「我直接一開始就是第二戀了。」

「此話怎講？」

「很簡單。第一次追求一位很可愛的小姐時，我十八歲。但我追她的時候，好像也沒覺得有什麼新鮮感：完全跟我後來追別人的時候一樣。本來嘛，我六歲時愛上我的保母，那是我的初戀，也是最後一次的戀愛，只不過這是很久以前的事了。在我的記憶裡，所有的細節都已經模糊不清，不過即便我還記得，誰又會對這個感興趣呢？」

「既然如此還能怎樣呢？」主人接過話頭，「我的初戀也沒什麼值得一說：在認識安娜．伊凡諾夫娜，也就是我現在的妻子之前，我跟誰都沒談過戀愛。而且我倆的關係發展也非常順利：親家大人提好親，我們很快就墜入愛河，然後什麼也沒耽擱，順理成章舉行了婚禮。我的戀愛故事兩句話就能說清楚。兩位先生，我得承認，挑起『初戀』這個話題，原本就是希望聽你們兩位雖說不算老、但也不年輕的單身漢說說。難道您就不能講點什麼有趣的，弗拉基米爾・彼得洛維奇？」

「我的初戀倒還真屬於不太普通的一類。」弗拉基米爾・彼得洛維奇稍稍有點遲疑地回答。他四十歲左右，一頭黑髮，稍微有點蒼白。

「喔！」主人和謝爾蓋・尼古拉耶維奇異口同聲說：「那更好啊……就請您說說吧。」

「說……還是不說呢？我還是不說吧。我不是說故事的高手，要嘛說得乾巴巴、太簡短，要嘛就漫無邊際、瞎編亂造。如果你們同意，我就把能記得的都寫到筆記本上，然後讀給你們聽。」

兩個老友起初不同意，但是弗拉基米爾・彼得洛維奇一直堅持。兩個星期過後他們又聚在了一起，弗拉基米爾・彼得洛維奇就兌現了自己的諾言。

以下就是他筆記本裡記錄的：

# 1

事情發生在一八三三年夏天。那年我十六歲。

我住在莫斯科的父母親那裡。他們在涅斯庫齊內[2]對面的卡魯什卡亞城門附近租了一棟別墅。我在複習，準備大學考試，但很不用功，也不太著急。

沒有人限制我的自由。我想幹嘛就幹嘛，特別是自從告別了我最後一位法語家庭教師之後。他無論如何也無法接受自己「像一顆炸彈一樣」（comme une bombe）墜落到了俄羅斯，所以整天臉上都帶著強烈不滿的表情，癱在床上翻來覆去地折騰。父親對我不聞不問，但態度親切；老媽幾乎不太管我，儘管除了我她再也沒有別的孩子，但其他操心的事把她給占滿了。我的父親，還很年輕，而且非常英俊，因為盤算好了才跟她結婚，她比他大十歲。我媽媽過得很慘：沒完沒了的激動、猜忌、生氣，但又不敢當我父親的面發作。她非常怕他，他總是一臉嚴肅、冷冰冰，拒人於千里之外……我還從沒見

2 俄語：Нескучный，本意為「有趣、有吸引力」，這裡是莫斯科一座古老的公園名。

過比他更冷靜、自信和獨斷專行的人。

最初在別墅裡度過的那幾個星期我永遠都不會忘記。天氣好得出奇，五月九日，正好是聖尼古拉節[3]那一天，我們從城裡搬進別墅。我有時在自家別墅的小花園裡，有時沿著涅斯庫齊內公園，有時又到城門外去散步。我隨手拿起一本書，比如說凱達諾夫的教科書，但極少翻開，更多是大聲朗讀我能背下來的那些詩歌。我熱血沸騰，心情煩悶，既甜蜜又可笑的那種。我等待著一切，又好像害怕著什麼，對周圍的一切都感到驚奇，好像全身心都已準備妥當一樣，幻想逸動，又總是在各種各樣的想像周圍轉來轉去，好像晨曦中教堂鐘樓繞飛的雨燕；我沉思、憂傷，甚至流下淚水，但就算流淚、就算悅耳的詩歌或是黃昏的美景帶來了憂傷，青春韶華的那種讓生命充滿勃勃生機的歡愉情感，仍然像春草一樣從我身上滲透出來。

我有一匹專供我騎乘的馬，我時常給牠繫好馬鞍，騎上牠獨自遠遊。我縱馬奔馳，並把自己想像成中世紀的一名比武騎士，多愜意啊，風在我耳旁吹拂！或者，我仰望天空，敞開心靈去擁抱天空明媚的陽光與湛藍。

記得，那時候女性的模樣、與女性戀愛的幻想還從來沒有在我腦海裡出現過明確的輪廓，但在我所思所感的一切裡，已經潛藏著一種有點自覺而羞澀的預感，預告我將有某種新鮮、莫可名狀的甜蜜，而且與女性有關的事件出現……

這種預感、這種期盼穿透了我全身上上下下的每個角落：我呼吸著它，它流淌在我每一滴血液中，每一根血管裡……註定很快就將夙願得償。

我們家的別墅由一棟帶羅馬圓柱的貴族式的木製主屋和兩間稍矮一些的耳房組成，左邊的耳房是一間小得可憐、做廉價壁紙的小工坊……我不止一次跑去那裡觀察，十來個身體孱弱、頭髮蓬亂、穿著汗漬漬工作服、一律面容枯槁的孩子，不停地跳到木槓桿子上，藉由槓桿傳遞壓實下面的四方形的木頭扣壓模版，他們就這樣用自己瘦小身體的重量壓出壁紙五顏六色的圖案。右邊的耳房暫時空著，打算租出去。有一天，就是五月九日之後又過了三週，這右耳房的護窗板支起來了，窗戶裡露出幾個女性的臉，像是某個家庭搬到裡面住下了。記得就是那天吃午飯時，母親問起過大管家，我們的新鄰居是誰。當母親一聽到公爵夫人查謝金娜的姓氏，起先倒不無某種尊敬：「噢！一位公爵夫人……」但隨後就加上：「很可能是位窮夫人」。

「他們自己雇三輛馬車來的，太太，」大管家恭恭敬敬上菜時說道：「他們沒有自家

---

3 這個節日一說是為了紀念俄羅斯一位非常令人尊敬的聖人尼古拉；另一說是重要的農業節日，以紀念農業和家畜保護神魏烈薩。

的輕便馬車，太太，而且只有最簡單的家具。」

「是啊，」母親答道：「那倒好些。」

父親冷冷地看了她一眼，母親不說話了。

的確如此，查謝金娜公爵夫人不可能是有錢的女人：租如此陳舊的小廂房，又小又矮，但凡稍微富足一點的人家，都不可能會同意搬進去住。不過，當時我聽完就忘得一乾二淨。公爵的爵位於我不起作用：我前不久剛讀完了席勒[4]的戲劇、《強盜》那本書。

## 2

我有個習慣，就是每晚都會帶著獵槍在我們家的花園裡巡視，只為驅趕烏鴉。我很早就痛恨這種警覺性很高、狡猾、又愛搗蛋的鳥兒。在這裡說到的那一天，我像往常一樣走到花園——徒勞地走遍所有的林蔭小道（烏鴉都認得我，牠們只是遠遠地、時不時啞啞地叫幾聲），無意中靠近了把我們家花園與右邊耳房後面花園的一個狹長的延伸段隔開的那一排低矮的籬笆。我正低頭走，突然聽見說話聲，我從籬笆望過去，一下子愣住了……一幕奇異的景象出現在我的眼前。

離我幾步遠的樹林間的草地上，還未結果的覆盆子樹叢中站著一位高個子而身材姣好的少女。她身穿粉紅色的條紋連衣裙，一塊潔白的手帕包在頭上，四個年輕人擠在她

---

4 一七五九—一八〇五，德國詩人、哲學家、戲劇家。《強盜》是席勒一七八一年創作的首部戲劇作品，翌年在德國上演。當時正值德國的「狂飆突進運動」發展至高潮，《強盜》一劇的主角就是一個典型的狂飆突進青年，不滿於社會現狀，卻又無力改變。他追求自由，對當時的社會提出挑戰，是典型的叛逆者，最後卻只能悲劇收場。

的周圍，她手裡拿著那種我叫不出名字但孩子又都很熟悉的灰白色小花，一個個輕輕敲打他們的額頭。這些花骨朵帶著小花囊，一旦你用它去敲某種硬物時，花囊就會劈里啪啦地開放。年輕人都如此殷勤地奉上自己的額頭——少女的步履（我能看見她的側面）如此迷人、威嚴、溫柔、俏皮和可愛，以至於我差一點因為驚奇和興奮而驚呼出來，彷彿我可以瞬間拋棄世上的一切，只為了讓她美麗可愛的小手指也敲打我的額頭。我的獵槍已滑落在地，我忘掉了一切，我的眼睛貪婪地掃過她亭亭玉立的身影、脖頸、漂亮的小手、白手帕下淺色略微鬈曲的秀髮、半睜著的聰慧的眼睛、她的長睫毛，以及睫毛下柔美的臉龐……

「年輕人，喂，年輕人，」突然有個聲音從我的近旁傳來，「難道可以這樣盯著陌生的小姐看嗎？」

我渾身一抖，愣住了……籬笆後面離我不遠，一個黑頭髮剪得很短的年輕人用譏笑的眼神瞥了我一眼。就在同一時間，少女也轉向我……我看見她靈巧和充滿生氣的臉上那一雙大大的灰褐色眼睛——她的臉突然顫動了一下，笑起來，露出潔白的牙齒，眉毛調皮地向上挑起……我滿臉通紅，抓起地上的獵槍就跑，身後一直跟著一陣並無惡意的笑聲，我跑回自己的房間，一頭倒在床上，雙手捂住臉，心怦怦跳。我又羞愧難當又興奮無比：我感到了一種從未有過的激動。

稍事休息過後，我梳洗打扮好了，就下樓喝茶。年輕少女的影子一直在我眼前揮之不去，我的心兒不再狂跳，卻又不知為何幸福地收緊了。

「你怎麼啦？」父親猛然問我，「打到烏鴉了嗎？」

我本想一五一十地都告訴他，但還是忍住了，只是暗自微笑。臨躺下睡覺前，連我自己也不知何故，單腿旋轉三次，又是擦臉又是抹油才躺下，整夜睡得像個死人。近天亮時分我醒了一下子，抬起頭，心滿意足地環視周圍一圈，又進入了夢鄉。

# 3

「怎樣才能夠認識他們？」這是早上剛一醒來，我的第一個念頭。早茶前我走進花園，但沒太靠近籬笆那邊，而且一個人也沒見到。喝完早茶，我在別墅前的小道來回走了好幾圈，遠遠地觀望那些窗戶……彷彿看到窗簾後她的臉，於是驚惶地加快跑開了。「但我一定要認識她，」我一邊思忖，一邊在涅斯庫齊內公園門口那塊沙土平地上毫無頭緒地亂走一通，「但怎麼辦呢？這才是問題所在。」我想到了昨天邂逅的一些特別細微的細節：她對我微笑的樣子，不知為何給我留下的印象最強烈……但是，在我激動不安地策畫各式各樣計畫的時候，命運眷顧我，已經給我做了最好的安排。

我不在家的時候，母親收到了那位新鄰居送來的一封信，信寫在一張灰色信紙上，用棕色火漆封口，這種火漆只有在郵局通知單還有廉價紅酒的軟木塞子上面才會看到。

這封文法不通、字跡歪歪扭扭的信裡，公爵夫人請求母親對其予以關照：照公爵夫人的說法，我的母親認識很多聲名顯赫的人物，而她的命運和她孩子的命運都與這些大人物有關，因為公爵夫人的一些訴訟案子那個時候正走到很關鍵的環節。「我請求給您，」公爵夫人寫道：「像一位高貴的夫人請求給另一位尊貴夫人，與此同時，我也樂得於攫取這一機會。」[5]信的結尾，公爵夫人請求母親允許她登門拜訪。我回到家時正遇上母親心情不太好，父親不在家，她沒人可以商量。不給「高貴的夫人」──何況還是個「公爵夫人」──回信，不太可能，但該如何回信，著實讓母親傷腦筋。用法語給她回一個便箋似乎對她不太合適，但要用俄語的規範拼寫，母親自己也不擅長──她很清楚這一點──於是也就不想自毀聲譽了。見我回來，她非常開心，馬上吩咐我去一趟公爵夫人家，口頭跟她解釋清楚，就說，我母親說了，隨時恭迎公爵夫人大駕光臨，願意效勞，並歡迎她下午一點光臨寒舍。我祕密而熱切的願望實現得出乎意料地快速，讓我既驚又喜，只是我的窘態並未表露出來。我先跑回自己的房間，戴上嶄新的領結，穿上禮服。在家裡我常穿短外套和翻領衫，儘管覺得很討厭。

5 公爵夫人的信文法不太通順，這一句中就有多處文法書寫錯誤。但因為中文的語法無法對應翻譯，譯者只好設法改用中文習慣表達的方式如「請求給」、「樂得於」來表達公爵夫人「文法不通」之意。

# 4

我邁進耳房那間狹窄又令人不悅的前廳時，不由自主地起了一身雞皮疙瘩，而在那裡迎接我的是一位臉色發黑、膚色泛著古銅色、頭髮花白、長著一雙愁苦豬眼睛的老僕人，他額頭和鬢角上刻滿的深深的皺紋是我有生以來從未見過的。他端著一碟被啃得乾乾淨淨的鯡魚骨頭，用一隻腳把通往另一間房的門掩上，斷斷續續地說：「您有什麼事？」

「查謝金娜公爵夫人在家嗎？」我問道。

「沃尼法季！」一個女人刺耳的顫音從門後面傳出來。

僕人默默地轉過去背對著我，他那件鑲著金邊、只有一顆紅褐色帶紋飾印章鈕扣的僕人制服又髒又破的後背立刻顯露無遺，他把魚骨碟往地上一放就走開了。

「你上街去了嗎？」還是那個女人的聲音在問他。僕人嘟嘟囔囔地說了句什麼。「喂？……有誰來了？……」還是那個女聲。「是隔壁家的少爺？哎呀，快請他進來。」

「少爺，請您到會客廳去。」僕人又出現在我面前，端起地上的碟子，說道。

我整理了一下服飾，走進「會客廳」。

不知不覺中我走進一間不太大、也不太整潔的屋子，只有可憐而好像匆匆忙忙剛布置好的一點家具。窗前，一張少一邊扶手的安樂椅上坐著一位五十歲左右的婦人，沒戴帽子，也不漂亮，穿著綠色舊連衣裙，圍著粗絨三角花圍巾。她用一雙不大的黑眼睛緊緊盯著我。

我走到她面前，問候行禮。

「我可以跟查謝金娜公爵夫人講幾句話嗎？」

「我就是查謝金娜公爵夫人。您是瓦先生的公子嗎？」

「是的，太太。是我母親讓我來帶話給您的。」

「請坐。沃尼法季！我的鑰匙在哪裡，你看見了嗎？」

我向查謝金娜太太通報了我母親對她來信的回覆。她一邊聽我說，一邊用她胖嘟嘟而發紅的手指頭輕敲著窗櫺，等到我說完，她又睜大眼睛盯著我。

「很好，我一定去，」她最後說道：「您真的很年輕啊！可否問您多大歲數了？」

「十六歲。」我不由遲疑了一下，回答道。

公爵夫人從口袋裡摸出幾張寫得密密麻麻又油膩膩的信紙，湊到自己的鼻子前面，翻過去倒過來地看起來。

「好歲數啊，」她突然說，同時坐在轉椅上轉來轉去顯得坐不安穩，「哎呀，請您不要客氣，我這裡沒太多講究。」

「太沒講究了。」我心裡想，帶著一種不由自主厭惡的心情，掃視她那一副難看的模樣。

就在這時，客廳的另一扇門一下子打開了，門口就站著頭一天傍晚花園裡我見過的那位姑娘。她抬起一隻手，臉上閃過一絲訕笑。

「這是我女兒，」公爵夫人說，並用手肘朝她那裡示意了一下，「吉娜奇卡，這是我們鄰居瓦先生的公子。請問您叫什麼名字？」

「弗拉基米爾。」我一邊回答，一邊站起身來，因為激動而有點口齒不清。

「父姓呢？」

「彼得洛維奇。」

「對了！我認識的一位警察局長，他的名字也叫弗拉基米爾．彼得洛維奇。沃尼法季！不用找鑰匙了，鑰匙在我口袋裡。」

少女依然帶著先前不太自然的微笑，微微瞇著眼睛，側向低著頭，一直看著我。

「我已經見過沃里德馬爾[6]先生了，」她開口說（銀鈴般的嗓音像一陣甜蜜的涼風從我全身刮過）：「您允許我這樣稱呼您嗎？」

「榮幸之至，小姐。」我結結巴巴地說。

「在哪裡認識的？」公爵夫人問。

公爵小姐並未理會自己的母親。

「您現在有事嗎？」她說，眼睛仍沒從我身上離開。

「沒什麼事情，小姐。」

「您能幫我纏毛線嗎？來吧，到我這裡來。」

她對我點點頭，一轉眼就走出了客廳。我跟著她走過去。

我們走進去的那個房間，家具稍好一些，布置也很雅致。只不過，此時此刻我幾乎什麼也沒能仔細看：我彷彿夢遊一般，全身都感覺到一種近乎愚蠢而高度緊張的幸福感。

公爵小姐坐下來，取出一捲紅色毛線，叫我坐到她的對面，認真解開那捲毛線，將它套在我的雙手上。她默默地做著這些事，帶著一種滑稽可笑的慢條斯理，微微張開的嘴上還有那種愉快、狡黠，而冷冷的笑。她開始把毛線往一張折疊的紙板上纏繞，忽然她的眼神如此明亮、如此快速地朝我一閃，我不由得低下了頭。她多數時候半瞇著的眼睛此刻完全睜大，她的臉完全變了，顯得熠熠生輝。

6「沃里德馬爾」是「弗拉基米爾」在法語裡的類似發音。法語是俄羅斯上流社會的交際語言。

「昨天您怎麼看我，沃里德馬爾先生？」她停了一會兒又問道：「您大概說我壞話了吧？」

「我……公爵小姐……我什麼也沒想……我怎麼能夠……」我難為情地回答。

「您聽我說，」她反駁道：「您還不瞭解我：我是很古怪的人，我希望別人永遠都跟我說實話。我聽說您剛十六歲，而我已經二十一歲。看到了吧，我比您大很多，所以啊，您要永遠跟我說真話……並且要聽我的話，」她補充道：「請您看著我，您幹嘛不看我呢？」

我愈加難為情了，不過還是抬起頭看她。她笑了起來，然而不是先前那種冷冷的笑，而是另一種讚許的笑。

「看著我，」她說，溫柔地放低聲音，「我喜歡您看我……我喜歡您的臉，我有預感，覺得我們會成為朋友。但您喜歡我嗎？」她調皮地補上一句。

「公爵小姐……」我剛要說。

「首先，請叫我吉娜伊達．亞歷山德羅芙娜[7]，再其次，小孩子（她馬上改口）——年輕人——不把所感所想直接說出來，這是哪一種習慣呢？成年人這個習慣倒是好的。但您喜歡我嗎？」

她能如此坦誠地跟我說這些，雖然令我非常高興，但也讓我有點難堪。

我想讓她知道，她現在並不是跟一個小男孩在打交道，於是裝成盡可能毫不拘束和一本正經的樣子，說道：

「當然，我很喜歡您，吉娜伊達・亞歷山德羅芙娜，我不想對此有所隱瞞。」

她一再搖頭。

「您有家庭教師？」她突然又問。

「沒有，我早就沒有家庭教師了。」

我撒了謊，我跟我的家庭教師分開還不到一個月。

「喔！我明白了——您完全是個大人了。」

她輕輕敲了一下我的手指頭。

「把手伸直！」接著她又開始認真地繞起毛線團。

趁她埋著頭的時候，我開始打量起她來，先是悄悄地，後來愈加大膽。她的臉比我頭一天晚上看見的更加美麗動人，她臉上的一切都顯得透明、聰慧、可愛。她背對掛

---

7 前文「吉娜奇卡」是「吉娜伊達」的暱稱，「吉娜伊達・亞歷山德羅芙娜」中「亞歷山德羅芙娜」是父稱，名字加父稱是一種表示禮貌與正式的稱呼。

著白色窗簾的窗戶坐著，從紗簾射進來的陽光柔和地灑向她濃密的金色頭髮、她純潔無瑕的頸項、平緩的肩部，還有溫柔、恬靜的胸脯。我看著她，現在，她於我已經那麼珍貴和親近了！就好像我已經認識她很久很久了，而在認識她之前我什麼也不懂，並且似乎根本就沒有活過。她穿著深色的舊連衣裙，外面罩著罩衣，我多麼想捋平她連衣裙和罩衣上的每一道褶皺。她的皮鞋尖從她的連衣裙下露出來，我多想愛慕地拜倒在她的腳下……「而我現在就坐在她的面前，」我想，「我已經認識她了……多麼幸福，我的上帝！」我高興得差點從椅子上一躍而起，但我只是稍稍晃動了一下我的雙腳，好像小孩子吃到好吃的東西一樣。

我快活極了，像水中的一條魚，我寧願一輩子也不要離開這個房間、離開這個地方。她的眼睛慢慢睜開，她那明亮的雙眸在我面前閃爍，旋即又微微一笑。

「您怎能這樣看我？」她慢慢說道，並用一根手指嚇唬我。

我臉紅起來……「她什麼都懂，什麼都看在眼裡，」我轉念一想：「她又怎麼可能不懂和看不見呢！」

突然隔壁房間傳來一陣金屬撞擊聲——馬刀磕碰的聲音。

「吉娜[8]！」公爵夫人在客廳裡大聲喊道，「別羅夫卓洛夫給你帶來了一隻小貓。」

「小貓咪！」吉娜伊達激動地喊起來，連忙從椅子上站起身，將毛線團往我膝蓋上一扔就跑出門外。

我也站起身，將毛線和纏好的線團放在窗臺上，走進會客廳，疑惑地停住了。房子中間是一隻條紋小花貓，四爪伸開，吉娜伊達雙膝跪在那裡，小心翼翼托起牠的小腦袋。公爵夫人旁邊是一位長著淺色鬈髮的青年驃騎兵，魁梧的身材幾乎占去了兩扇窗戶間的整個牆面，他面色紅潤，長著一雙鼓鼓的眼睛。

「小貓咪太好玩了！」她連聲說道：「牠的眼睛不是灰的，而是綠色的，一雙耳朵真大啊！謝謝您，維克多·葉戈雷奇！您真是太好了。」

我認出了這位驃騎兵就是前一天晚上我見到的年輕人中間的一個，他笑了笑，行了一個屈膝禮，馬刺靴「啪」的一聲，馬刀上的金屬環叮噹作響。

「昨天您不是說起想要一隻大耳朵的小花貓……您瞧，我就為您弄來了，小姐。您的話就是法律。」他又一次鞠躬行禮。

小貓弱弱地喵喵叫，還嗅著地板。

「牠餓了，」吉娜伊達大聲說：「沃尼法季！索尼婭！拿些牛奶過來。」

8「吉娜伊達」的暱稱、愛稱。

一個穿黃色舊連衣裙、脖子上圍著條褪色圍巾的女清潔工走進屋，手裡端著一碗牛奶，放到小貓面前。小貓打了一個冷顫，瞇著眼睛，舔食起來。

「牠粉紅色的舌頭真好看啊。」她有了新發現，臉幾乎貼到地板上，就在小花貓的鼻子下側面望著牠。

小花貓一吃飽就打起了小呼嚕，裝模作樣地逐一展示牠的爪子。吉娜伊達站起身，轉身朝著女清潔工，冷淡地說：「把它拿走。」

「為了小花貓——請給我一隻手。」驃騎兵低聲地說，動了動他那勉強裹進新制服的強健身體。

「給您兩隻手。」吉娜伊達回答說，雙手伸過去。驃騎兵親吻她雙手的時候，她一直從他肩頭上看著我。

我呆呆地站在原地，不知道自己是該笑還是該說些什麼，或是應該繼續沉默。忽然，透過前廳開著的門，我們家的僕人費多爾的影子映入我的眼簾，他朝我打著手勢。我機械性地走到他面前。

「你來幹什麼？」我問。

「是您母親讓我來找您的，」他低聲說道：「她生氣了，說您還沒捎回信給她。」

「難道我來這裡很久了嗎？」

「一個多鐘頭了。」

「一個多鐘頭了！」我不由自主地重複一遍，轉身回到客廳，兩腳一併碰了碰鞋跟，行禮告辭。

「您要去哪？」公爵小姐從驃騎兵那兒望過來，問我。

「我得回家了，小姐。」我這樣說，隨後轉向老太太，又補充：「請您一點之後來我們家。」

「您就這樣稟告，少爺。」

公爵夫人迫不及待地拿出鼻煙壺，很大聲地猛吸一下，讓我都震顫到了。

「您就這樣稟告。」她又重複一遍，眨巴著眼，眼淚快流出來，噴嚏不止。

我又鞠躬行禮一次，掉轉身，走出房間，背上有一種不舒服的感覺，就好像毛頭小子知道後面有人盯著他的時候常常感受到的那樣。

「您可要記住，沃里德馬爾先生，常來看我們啊。」吉娜伊達喊著，又笑了起來。

「她為什麼總是愛笑呢？」我想著，費多爾陪著我回家的路上，一句話也不說，跟在我後面，走得似乎不情不願。母親數落了我一頓，她很奇怪的是：我怎麼會在這個公爵夫人那裡消磨如此長的時間？我什麼也沒跟她說，就起身回到自己的臥房。我突然覺得特別憂傷……我竭力忍住沒哭……我好妒忌那個驃騎兵。

# 5

公爵夫人如約拜訪了母親，但母親並不喜歡她。她們見面時我沒在場，然而一起吃飯的時候，母親告訴父親，這位公爵夫人給她的感覺就是une femme très vulgaire[9]，公爵夫人請求她去跟謝爾基公爵求情，簡直讓她煩死了，還有公爵夫人那些亂七八糟的訴訟官司——des vilaines affaires d'argent[10]——還有，她肯定是個非常喜歡撥弄是非之人。然而，母親又補充說道，她已經邀請公爵夫人攜女兒明天中午來家裡吃午飯（我聽到「攜女兒」一詞時，差點把鼻子戳進碟子裡去了），因為她總歸還是鄰居，又帶點名望。聽到這裡，父親告訴母親，他現在想起來這位公爵太太是誰了。父親說他年輕的時候認識已逝的查謝金公爵，他受過非常高的教育，卻是一個頭腦簡單又喜歡吵架的人；社交圈裡都叫這位公爵「le Parisien」[11]，因為此人在巴黎生活了很久；公爵曾經很有錢，但他把所有財產都輸得一乾二淨，「後來不知道為何，很有可能就是為了錢的緣故——要說，他本來可以選好一點的，」父親冷冷一笑，又接著說：「娶了某個小公務員的女兒，結婚後，參與投機買賣，最終破產，成了窮光蛋。」

「萬幸的是她沒開口借錢。」母親說。

「這太有可能了，」父親安靜地說：「她會講法語嗎？」

「非常差。」

「嗯哼。不過，這倒無所謂。你剛才好像說，你也邀請了她的女兒。有人跟我提起過，她女兒倒是一位很可愛又有教養的姑娘。」

「喔！這麼一說，她不像她母親。」

「也不像她父親，」父親反對說：「她父親也受過教育，卻蠢。」

母親歎了一口氣，陷入了沉思。父親也不說話了。整個談話過程中，我都感到很不舒服。

吃過午飯，我又去了花園，不過沒帶獵槍。我叫自己不要走近「查謝金娜家的花園」，可是一種無法抗拒的力量還是把我吸引過去，而且沒白跑一趟。還沒等到靠近籬笆，我一眼就看見了吉娜伊達。這一次就只有她一個人。她手裡捧著一本書，慢吞吞地在路上閒晃。她沒發現我。

9 法語：一個非常粗俗的女人。（原注）
10 法語：令人討厭的金錢類案件。（原注）
11 法語：巴黎人。（原注）

我差一點就放她過去了，但突然改變主意，咳了一聲。

她轉過頭來，但並沒有停下來，用手撩開圓草帽那根寬寬的藍絲帶，看我一眼，微微抿嘴一笑又扭頭看書去了。

我摘下寬邊簷帽，在原地遲疑一會兒，心情沉鬱地走開了。「Que suis-je pour elle?」[12]我用法語（上帝知道怎麼會這樣）想著。

背後響起一陣熟悉的腳步聲：我回頭一看——父親正邁著輕快的步伐朝我走來。

「這位是公爵小姐？」父親問我。

「是公爵小姐。」

「莫非你認識她？」

「今天早上我在公爵夫人那裡見過她。」

父親停下來，腳後跟猛一轉，往後方去了。等到他追上吉娜伊達時，他禮貌地向她鞠躬致意。她也向他回禮鞠躬，臉上不無驚奇，放下書。我看得見，她一直用眼神跟著他。我的父親素來穿戴考究，有個性但又樸素大方。然而我覺得他的外表從來沒像今天這麼優雅，他那頂戴在勉強沒掉光的鬈髮上的灰色禮帽也從來沒如此帥氣。

我本來還想去找吉娜伊達，但她連看都沒看我一眼，重新捧起書，走遠了。

## 6

這天的整個晚上和翌日早晨，我都在一種鬱鬱寡歡的麻木狀態中度過。我記得我嘗試著用用功，抓起凱達諾夫編的課本——但就算排版又寬又鬆，這本著名教科書上的一行行一頁頁還是徒勞從我眼前溜過。接連十遍我讀著這一句：「尤利烏斯．凱撒以作戰驍勇而著稱」——還是什麼也沒明白，於是丟開書。快吃午飯時，我又梳洗打扮一番，穿上禮服，打好領結。

「你這是要幹嘛？」母親問我，「你還不是大學生，上帝才知道你能不能通過升學考試。你的短外套才新做沒多久吧？不能扔掉它不穿啊！」

「有客人要來。」我小聲嘀咕，幾乎帶著絕望的語氣。

「簡直胡說！這算哪門子客人！」

我只好服從了。我脫了禮服換上短外套，但領結沒摘。午餐前半小時，公爵夫人跟

---

12 法語：在她的眼裡，我算得了什麼？（原注）

她女兒如約而至，老太太在我先前見過的綠色連衣裙外面加了一條黃色的披肩，戴一頂有火紅緞帶，但過時的包髮帽。她馬上就說起她的那些「本票」，歎著氣，哭窮，「幾乎苦苦懇求」，但一點也沒把自己當外人，還是那樣聲響很大地聞鼻煙壺，還是那樣放肆地扭來轉去，在椅子上一點都坐不安穩。她似乎從來都不曾想過，她是個公爵夫人。幸好吉娜伊達跟她母親完全相反，她舉止莊重，幾近傲慢，像位真正的公爵小姐。她的臉上一派寒氣逼人的端莊和尊崇，以至於我認不得她的人、她的眼神、她的微笑了，雖然我覺得她現在這個樣子讓她顯得也很漂亮。她身穿一件帶淡藍色雲紋的輕薄巴勒施連衣裙，她長長的鬈髮順著臉頰垂下來，髮式是英式的，這個髮式很襯她臉上寒氣逼人的表情。午餐的時候，我的父親坐在她的旁邊，用他特有的優雅和嫻熟自如的殷勤取悅他的鄰座。他偶爾望望她，她偶爾也望望他，以奇怪到幾乎有敵意的目光。他們之間用法語交談。我還記得，吉娜伊達的純正發音令我吃驚。公爵夫人席間跟先前一樣毫無顧忌，很能吃，直誇廚藝好。母親顯而易見被她煩透了，用一種陰鬱的輕慢態度應付她；父親時而微微蹙緊眉頭。母親也沒喜歡上吉娜伊達。

「好一個傲氣十足的女孩，」母親第二天說道：「也不想一想，驕傲個什麼—— avec sa mine de grisette[13]！」

「你，也許，沒見過輕佻的女人。」父親跟她說。

「那真謝天謝地了！」

「當然，上帝保佑……只不過你怎麼能給她們下結論呢？」

吉娜伊達沒特別理過我。午飯後沒多久，公爵夫人就起身告辭。

「希望得到你們的關照，瑪麗亞．尼古拉耶芙娜，彼得．瓦西里伊奇，」她拉長聲調對母親和父親說道。「有什麼法子！有過好時光，但都過去了。現在雖說有爵號，」她尷尬地笑著補充：「但爵號有什麼用？假如沒得吃沒得喝的話。」

父親很尊敬地向她鞠躬行禮，並送至前廳。我穿著自己那件剪了尾巴的短外套杵在那裡，望著地板，彷彿被判了死刑。

吉娜伊達對我的態度徹底擊垮了我。但讓我意外驚喜的是，她經過我面前時，帶著先前那種溫柔的眼神附在我耳邊快速跟我說：

「晚上八點到我們家來，記住，一定來……」

我剛把手伸過去，只見她把白色紗巾往頭上一披，已走得老遠去了。

---

13 法語：就憑她那輕佻女子的惡習。（原注）

# 7

八點整，我已身穿常禮服、梳一個額際高聳的髮式走進了公爵夫人家的廂房前廳。老僕人一臉陰沉地看了我一眼，很不情願地從凳子上起身。會客廳傳來一陣歡聲笑語。我推開門，驚訝地退了一步。房間的中央，公爵小姐站在椅子上，手持一頂男士禮帽，椅子周圍擠著五位男士。他們拚命用雙手去搆帽子，她則把帽子越舉越高並用力晃動。一看見我，她就高聲說道：「等一等，等一等！新客人來了，應該也給他發一個籤，」她靈巧地從椅面上跳下來，一把抓住我的禮服袖口。「快來呀，」她說：「您幹嘛還站著？Messieurs[14]，讓我給你們介紹一下：這位是沃里德馬爾先生，我們鄰居的大少爺。而這幾位，」她一邊說，一邊面向我逐個介紹客人：「馬勒夫斯基伯爵、盧申醫師、詩人馬伊達諾夫、退役大尉尼爾馬茨基和您已見過的驃騎兵別羅夫卓洛夫。請多關照。」

我窘得厲害，以至於沒跟任何人鞠躬行禮。我認出了花園裡曾狠狠羞辱過我、黑皮膚黑頭髮的那位先生，即盧申醫師。剩下的幾位我都不認得。

「伯爵，」吉娜伊達接著說：「增加一個沃里德馬爾先生的籤。」

「這不公平，」伯爵帶著一點波蘭口音反駁說，這是一位非常俊美、裝束講究的黑髮男子，深褐色的眼睛炯炯有神，白皙的窄鼻樑，小嘴邊留著一撮修得很仔細的短髭，「他還沒有跟我們一起玩過方特[15]呢」。

「不公平。」附和著說的還有別羅夫卓洛夫和那位被稱作退役大尉的尼爾馬茨基先生，此人四十歲上下，滿臉麻子，頭髮像黑人一樣捲，駝背拱肩，羅圈腿，穿一件無穗軍服上衣，沒扣扣子。

「要你們加一個籤你們就寫，我就是這個意思，」公爵小姐又說：「你們要造反嗎？沃里德馬爾先生第一次跟我們玩遊戲，規則今天對他不適用。別再抱怨了，加他一個籤吧，我要求這樣做。」

伯爵聳一聳肩，但還是聽話地點了點頭，用那雙白白淨淨、戴滿寶石戒指的手抓起鵝毛筆，撕下一張小紙片，開始寫起來。

「至少得把遊戲規則跟沃里德馬爾先生解釋清楚吧，」盧申醫師不無譏諷地說：「否則，他會完全狀況外。您看見了吧，年輕人，我們玩的是方特。公爵小姐掌握獎罰權，

---

14 法語：各位先生。（原注）

15 一種遊戲，參加者抽籤後按照要求做一件娛樂大家的事或者準備一件吉祥的禮物給大家。參加遊戲的人數可多可少。

誰要是抓到幸運的籤，誰就有權親吻一下公爵小姐的手。我說的您能聽明白嗎？」

我只是看了他一眼，還是糊裡糊塗地站在那裡，而公爵小姐重新跳上椅子，並把帽子再次晃起來。所有人都朝她簇擁過去，我也跟在他們後面。

「馬伊達諾夫，」公爵小姐朝著一個高個子年輕人說，他的臉龐瘦削，一雙眼睛小而無神，一頭黑髮留得特別長，「您，作為詩人，理應大度一些，把您的籤讓給沃里德馬爾先生，以便讓他有兩次機會而不是一次。」

但是馬伊達諾夫並不同意，他搖搖頭，甩了甩長頭髮。我最後一個把手伸到帽子裡，拿到一個籤並展開……天啊！我都不知道怎麼辦才好，當我看到籤條上的「吻」字！

「吻！」我不由自主突然喊出了聲。

「好啊！他贏了，」公爵小姐接過話頭，「我很高興！」她從椅子上下來，愉快地、甜蜜地盯著我的眼睛，我的心怦怦跳起來。「您高興嗎？」她問我。

「我？……」我結結巴巴起來。

「把您的籤賣給我吧，」別羅夫卓洛夫突然湊到我的耳旁貿然說道：「我給您一百盧布。」

我用一種非常憤怒的眼神拒絕了驃騎兵，這讓吉娜伊達拍手叫好，而盧申也大喊：

「做得好！」

「但是，」別羅夫卓洛夫接著說：「作為司儀，我必須監督所有的規則有無被遵守。

沃里德馬爾先生，請您單膝跪地，這是我們的規矩。」

吉娜伊達站在我的面前，側著低下頭，好像就是為了能把我看得更清楚。她鄭重其事地將手伸給了我。我的眼前一片模糊。本來想著單膝下跪，卻雙膝都跪下了，用嘴唇很不自然地碰了一下吉娜伊達的手指頭，還讓她的指甲輕輕劃了一下我的鼻頭。

「好啦！」盧申喊起來，並扶我站了起來。

方特遊戲繼續進行。吉娜伊達讓我靠著她坐在她身邊。虧她能想出各式各樣「處罰」的招數啊！譬如，她要扮成一座「全身雕像」，她給自己選的雕像底座是醜男尼爾馬茨基，還要他臉朝下，頭緊貼著埋在胸口。嬉笑聲一刻都不曾停過。所有這些嬉戲喧鬧、無拘無束、恣意放縱的快樂，還有這些從未有過的與陌生人的交際往來，全都一股腦兒地朝著我——一個一直過著離群索居生活和接受嚴苛教育、在老成持重的貴族家庭中長大的男孩子湧來。我簡直像喝醉酒一樣沉醉。我甚至笑得、吵鬧得比其他人更凶，驚動了坐在隔壁房間跟從伊維爾城門[16]來的某個辦事員碰頭說事情的老公爵夫人，她也跑過

---

16 位於莫斯科紅場旁，由馬涅什廣場和革命廣場進入紅場的一個入口，又名「復活門」，供奉有聖母神像的雙塔伊維爾小教堂就在這裡。始建於一五三八年，一九九五年翻新。

來看了我一眼。但我的確感到太幸福了，俗話說得好，一撇鬍子不能飛、一個銅板不中用，譏笑、蔑視又算得了什麼呢？吉娜伊達一直厚待我，不讓我離開她的視線。我還中了另一種「懲罰」籤，是我跟她並排坐在一起，兩人頭上頂著同一塊綢緞方巾：我必須把自己的祕密向她坦白。我依稀記得，我們兩顆腦袋在有點透不過氣、半透明、芳香馥郁的方巾下面碰在了一起，而在這種黑暗的香氣裡，她的一雙眼睛如此近距離又溫柔地撲閃發光，她的雙唇大開，喘著熱氣，不僅牙齒清晰可見，她的髮梢還掃得我渾身癢癢的，彷彿要燃燒一樣。我沉默不語。她笑得很詭祕、狡猾，最後附著我的耳朵低聲說：「嗯，怎麼樣啊？」我只是一味臉紅和傻笑，轉身扭向一邊，勉強透過氣來。方特遊戲已經讓我們玩膩了，我們轉而玩起繩子遊戲。我的天啊！趁我發愣的時候，她猛地打了一下我的手指，我感到無比的快樂。而後來我故意再裝作發愣發呆時，她就戲弄起我來，再也沒碰我伸過去的手。

那個晚上我們玩得真是花樣迭出！我們彈鋼琴、唱歌、跳舞，表演吉普賽人流浪生活的情景。我們讓尼爾馬茨基打扮成熊的樣子，用鹽水灌他。馬勒夫斯基伯爵為我們表演了五花八門的紙牌玩法，最後玩的一種是：反覆洗牌洗亂之後，開牌成了一回「韋斯特」[17]，王被他全部抽出來，這使得盧申醫師都「非常佩服地祝賀他的成功」。馬伊達諾夫朗誦了自己的長詩〈女殺人犯〉（故事發生在浪漫主義鼎盛時期）的幾個節選，這首長詩他打算出版時使用黑色的封面加血紅色書名。我們從那個從伊維爾城門來的辦事員的膝蓋上偷走他的帽子，然後逼迫他跳個哥薩克舞之後才能贖回；我們給沃尼法季老頭戴上婦女兒童常戴的包髮帽，而公爵小姐戴上一頂男士禮帽……簡直都說不完。只剩下那個別羅夫卓洛夫越來越被擠到角落裡去了，愁眉緊鎖、生著悶氣……有時看見他眼裡充滿血絲，滿臉通紅，似乎感覺到他眼看就要向我們猛撲過來撕咬，把我們像撒刨屑一樣撒向四周，但是公爵小姐看著他，用一根手指頭嚇唬一下，他就又退回角落去了。

終於，我們都筋疲力盡。公爵夫人儘管剛開始像她自己說的那樣輕鬆自如，什麼樣的吵鬧聲都不會干擾到她，但到最後連她也有了倦意，想休息了。晚上十一點多鐘才開出晚餐，一塊放了很久的發乾乳酪，幾個碎火腿腸餡的烙餅一樣的東西，但我覺得比任何巴適傑特大餡餅[18]都要好吃。葡萄酒總共只有一瓶，酒瓶的樣子也頗為古怪：深色的瓶身、瓶頸鼓鼓的，而瓶子裡面的酒泛著粉紅的色澤，順便說一下，誰也沒喝它。我邁出廂房的時候又累又乏到了極點，告辭的時候吉娜伊達大力地握了一下我的手，又神祕地

17 十九世紀末，英國流行後傳入俄羅斯的一種紙牌遊戲。

18 用野味、肝等做成的大餡餅。

笑了。

夜色沉沉，溼氣向我熱得發燙的臉襲來。感覺要下雷暴雨了。黑雲在天空聚攏、翻滾，看得出，它正不斷變換形狀。風在幽暗的樹林中不安地顫動，很遠的天邊，不知什麼地方，雷聲好像自語般憤怒、低沉。

穿過後面的門廊我終於回到了自己的屋子。我的老僕人在地上已睡著了。我必須從他身上跨過去。他醒了，看見我就一五一十地轉述，母親又生我的氣了，本想派人再去喊我回家的，但不知為何父親攔住了她（我還從來沒有不跟母親道晚安、不得到母親的晚安祝福就上床睡覺的）。現在說什麼都無濟於事了。

我跟老僕人說，我自己寬衣上床睡覺不用他服侍。我滅了蠟燭。但我既沒有脫衣服，也沒有上床睡覺。

我坐到椅子上，坐了很久，跟著了魔一般。我的這種感覺是如此新鮮、如此甜蜜……我只是坐著，稍稍環視一下，幾乎一動不動，緩緩地呼吸，只是有時候要嘛我想起點什麼自顧自笑了，要嘛我的心一陣收緊，當我想到我可能是戀愛了，愛的就是她，這就是愛情。昏暗中，吉娜伊達的臉龐悄悄浮現在我眼前，一直浮現，一幕又一幕。她的雙唇還是那樣神祕地微笑著，她稍稍側一點身看著我，疑惑、沉思、柔情似水……一如我跟她告別的那個瞬間。終於我站起身，踮起腳跟走到自己的床前，衣服也沒脫，把頭埋進枕頭裡，生怕動作過猛驚擾到了我內心充盈的那些美好的東西……

我躺下了，但我甚至連眼睛也沒合上。很快我就發現，不斷有某種微弱的反光透入我的房間。我稍微欠起身，望一眼窗戶，窗格子和神祕莫測地、朦朧地閃著白光的窗玻璃已經可以清晰地分辨出來。「雷暴雨，」我猜，「一定是雷暴雨，但它還很遙遠，所以雷聲暫時還聽不到。只是天空中不是很強、長長的好像樹杈般的條條閃電不斷燃起：與其說是燃起，不如說是像瀕臨死亡的鳥的翅膀一樣顫抖、抽搐。」我起身走到窗前，在那裡一直站到天亮……閃電一刻也不曾停歇，這是一個俗話中所說的「雀夜」[19]。我望著沙礫遍地的無聲田野、望著涅斯庫齊內公園黑黝黝的一片，還有遠處發黃的建築物外立面，彷彿它們也跟著微弱的閃電在顫抖……我望著，不能自已。這些無聲的閃電、隱忍的閃電，正好呼應我心底燃起的一樣無聲、一樣隱匿的衝動。天漸漸亮了，紅霞滿天。隨著太陽越升越高，萬物澄明，閃電有所收斂，它們閃爍的次數越來越少，終於消遁無影，被新的一天令人神清氣爽的、毫無爭議的陽光所踏平……

---

19 又叫「花楸果之夜」。東斯拉夫人把電閃雷鳴非常厲害的夜晚稱作「雀夜」，他們認為這是邪惡力量的猖獗時刻。

我內心的閃電也消失得無影無蹤。我只感受到了一種巨大的疲憊和沉寂……但吉娜伊達的身姿依然牢牢統治我的心靈，揮之不去。只是這個身姿顯得平和寧靜了，好像一隻從沼澤的水草之中飛起的天鵝，與牠周圍的那些醜陋生物那麼不同。而我，快要入睡的時候，最後一次帶著一種臨別的、信賴的虔誠匍匐到牠的跟前……

啊，纏綿的情感、輕柔的聲音、心靈被撥動的美好與寧靜，初戀那沁人心扉、令人銷魂的快樂——這些都在哪裡，在哪裡呢？

# 8

第二天早上我下樓用早茶的時候，母親責備了我，但是程度比我想像的要輕。她讓我一五一十講述頭一天晚上是怎麼度過的。我三言兩語回答了她，省略了很多細節，盡量把一切都講得無可厚非。

「再怎麼說，他們都並非comme il faut[20]，」母親指出，「你應該準備考試和用功複習，不能再去他們那裡鬼混了。」

因為我已知道，母親對我功課的操心就僅限於這幾句話，所以我也不認為有必要反駁她。可是早茶後，父親拉著我的手，一起走進花園，逼著我詳細講述我在查謝金娜家看到的一切。

父親對我的影響很神奇，我們父子之間的關係也很奇特。他對我的教育幾乎放任不管，但也從不傷害我的自尊心。他尊重我的自由，他甚至——如果可以這樣表述的

20 法語：受過良好教育的人。

話——對我很客氣……只是他不讓我跟他過於親近。我愛他，我欣賞他，我當他就是男人的榜樣——唉，我的上帝，倘若他不是總讓我感覺到他那雙推開我的手，我會多麼依戀他。但只要他願意，用一句話、一個手勢，他幾乎立即就能重獲我對他無窮的信任。我的心扉已敞開，就像跟一位理性的朋友和一位寬容的導師一樣地談心……但他隨後還是突然丟下了我，用手一把推開我，輕輕地、溫和地，但還是推開了。

有時他也會表現出活潑的一面，那個時候跟我一起，他就會既放鬆又調皮，像個小孩子一樣（他喜歡所有劇烈的身體運動）。有一次，唯一的一次！他親切地撫摸了我，以至於我都快哭了……但無論他的活潑還是他的溫柔都已消失得無影無蹤——而我們之間發生過的一切，也不曾給予我什麼對未來的指望——好像我只是做了一場夢似的。有時，當我望著他那睿智、俊美、光彩照人的臉部輪廓，我的心開始顫動，我整個身心都趨向了他……他似乎能感覺到我的內心活動，路過的時候揪一下我的臉蛋，就走開，或再去做什麼事情，或忽然又愣在那裡，像呆住了一樣，此時，我的心也會立即緊縮一下，心情也會冷靜下來。我的默不作聲從來都無法喚起他本來就難得表露的慈愛，除非我直截了當地懇求他。慈愛總是突然地發作。

後來我分析父親的性格，得出一個結論，他的心思不在我和家庭生活上面。他喜歡別的什麼東西，並從中得到了充分的享受。「盡你所能地自己去得到，不要放棄。要自己做自己的主，這才是生命的真諦。」他有一次跟我這樣說。另一回，他在場，我作為一名民主主義者參與討論有關「自由」的話題（他在那一天，正如我指出的，是「慈祥的」，這個時候你可以跟他暢所欲言。）

「自由，」他重複道，「你知道哪一種東西才可以給人自由？」

「是什麼？」

「意志、個人意志，而意志賦予人比自由更好的權力。你越有意志，就越自由，並可以指揮人。」

我的父親首先並且最願意享受生活，他生活過了……也許，他預感到了，他無法長久地享受生命之「真諦」：他只活了四十二歲。

我跟父親詳細講述了我拜訪查謝金娜一家的經過。他坐在公園長椅上，拿拐杖在沙土地上隨意畫著，半是認真、半是漫不經心地聽我說。他偶爾笑一笑，貌似開心和逗樂般看看我，給我提些簡短問題和不同意見。我一開始甚至都沒準備說出吉娜伊達的名字，但沒能忍住，最後還是說出了口，並開始讚揚她。父親還是一味地微笑。隨後，他略加沉思，伸伸腰，站起身來。

我還記得，我們出門的時候，他吩咐過要為他備好馬的。他是很優秀的騎手，並且善於馴服最野性的馬，比列利先生要早很多就辦到了。

「我想和你一起去騎馬，爸爸，可以嗎？」我問他。

「不行，」他回答，臉上露出平常那種冷淡又親暱的表情，「要去，你自己一個人去吧，並告訴馬夫，我不去騎馬了。」

他背轉過身，急匆匆地遠去了。我的視線跟著他——他已在門後面消失。我看見他的禮帽沿著籬笆牆一路移動：他走到查謝金娜家的門口了。

他在她們那裡停留了不到一個小時，就直接出發進城去了，直到晚上才回到家。

午飯後我自己去了查謝金娜家串門子。客廳裡我只遇到老公爵夫人一個人。看見我，她用毛線針的一頭梳了一下包髮帽裡面的頭髮，忽然問我，是否能夠幫她抄一份申請文書。

「好啊。」我回答，並在椅子邊坐下。

「只是您請注意把字寫得稍大些，」她說完就遞過來一張油膩膩的紙，「今天能否抄好，少爺？」

「今天我就抄好，夫人。」

隔壁房間的門稍稍打開了一點，吉娜伊達的臉從門縫裡露出來，臉色蒼白，神情若有所思，頭髮胡亂地往腦後披攏著。她用一雙大眼睛非常冷漠地看我一眼，輕輕關上了房門。

「吉娜，我說吉娜！」老夫人喊道。吉娜伊達沒吭聲。我帶回老婦人的申請文書，整晚都在謄寫。

# 9

我的「激情」從那一天起被點燃了。還記得，我的這種感覺跟一個新到職第一天上班的人的那種感覺類似：我已經不再是一個普通的男孩子了，我在戀愛。我說了，我的激情從那一天起已被點燃，而且我還可以補上一句，我的痛苦也從那一天開始。見不到吉娜伊達，我就痛苦不堪，什麼都不能思考，什麼事情也不能做，整天整天專心致志想她一個。我朝思暮想……但見到她的時候我也並不覺得輕鬆。我猜疑妒忌，我承認自己的無足輕重，我傻乎乎盡情嬉戲，傻乎乎獻媚逢迎——總是有一股不可抗拒之力將我吸引到她的身旁——每一次跨進她的閨房，我的心都情不自禁幸福地顫抖。

吉娜伊達立刻就猜到我墜入愛河了，而我也並不想對她隱瞞。她拿我的激情尋開心，耍弄我、放縱我，又折磨我。她樂於成為對一個人是最大幸福而對另一個人卻是最深痛苦的唯一源頭，樂於成為專橫和不敢反抗的理由——我就像吉娜伊達手上被捏著的一顆軟蜂蠟。不過，愛上她的人不止我一個。所有拜訪過她家的男人都為她瘋狂——她把他們也都拴得好好的——就拴在自己的腳邊。她樂於一會兒激起他們的期望，一會兒又引起他們的擔憂，按照自己刁鑽古怪的想法任意支使他們（她把這個稱作「人撞人」），而他們從未想過反抗，心甘情願地被她馴服。她渾身上下洋溢著活力與美麗，機敏狡黠與漫不經心、矯揉造作與樸實無華、安靜與嬉鬧在她身上構成了某種奇妙的混合物。她所做所思、舉手投足之間都帶著一種晶瑩剔透、輕盈的曼妙，無不彰顯其獨特、勃發奔放的力量。她的臉部表情變化多端，跟表演一樣：她幾乎能在同一時間表現出譏諷、沉思和熱情。各種各樣千奇百怪的情緒，輕盈、迅疾，彷彿晴朗多風的天氣裡那些雲彩的影子，在她的眼睛裡和雙唇上飛來掠去。

她的每一個愛慕者都是她所需要的。別羅夫卓洛夫，她有時候稱他為「我的野獸」，而有時又只是簡稱「我的」。他能為了她赴湯蹈火，由於無法指望自己的聰明才智和其他優點，他一味地向她求婚，並影射別人只是嘴上說說而已。馬伊達諾夫就像她心中懷有的那份詩意琴弦：相當冷峻，幾乎跟其他作家一樣；他竭力讓她——也許還包括讓他自己——相信，他崇拜她。他沒完沒了地寫詩讚美她，帶著某種又似矯揉造作又很真實懇切的陶醉感為她朗誦自己的這些詩篇。她既同情他又有點取笑他。她不怎麼信任他，聽膩了他的滔滔不絕，她總是讓他朗誦普希金的詩歌，就是為了——按照她的說法——淨化空氣。盧申，一名愛嘲弄人、說話下流的醫生，他比任何人都更瞭解她，也比任何人都更愛她，儘管明裡暗裡總是斥責她。她尊重他，但並不允許他胡來。時而她帶著一種特別的、幸災樂禍的滿足感讓他感覺到，「就連他也被她捏在手掌心裡」。

「我這個人水性楊花，我沒心沒肺，我天生就是戲精，」她有一次當著我的面對他說：「哈，很好！敢不敢把您的一隻手伸過來，我要拿別針刺進您的手，當著這位年輕人的面，您會覺得丟臉，您會覺得很痛，但您，既然是個真正的紳士，還得強顏歡笑。」盧申醫師滿臉通紅，轉過身去，咬著嘴唇，最終還是把手伸過去。她果然刺破了他的手，而他真的在笑……她也在笑，一邊把別針很深地刺進去，一邊盯著醫生徒然四顧的眼睛……

我最不能理解的是吉娜伊達與馬勒夫斯基伯爵之間的關係。他長相英俊，又機靈、聰明，但他身上有一點令人懷疑、甚至我一個十六歲小孩子都能感覺出來的虛偽。我感到不解的是，吉娜伊達居然沒看出來。但很有可能，是她發現了他的虛偽，卻不討厭而已。不正確的教育方式、奇怪的社交和習慣、母親形影不離的溺愛、家境貧寒、居家雜亂無章——所有這一切，打從一個少女擁有那份自由開始，從她自覺比其周圍的人高出一等的時候開始，使得一種半瞧不起人的輕視與放任自流在她身上愈演愈烈。經常是這樣，不論發生什麼事情——譬如沃尼法季來稟報砂糖用光了，或者某個特別難聽的流言蜚語已傳得滿城風雨，客人爭吵起來，她也不過是晃晃她的一頭鬈髮，說：「都是些雞毛蒜皮的小事！」能讓她痛苦的事太少。

但是，每次看到馬勒夫斯基以一種很狡猾的搖頭擺尾的步伐向她走過去，像一隻狐狸般優雅地倚靠在她的椅背上，帶著一種得意洋洋、阿諛逢迎的笑容附在她耳邊小聲嘀咕，而她雙手交叉在胸前，認真地看著他，有時候微微笑，有時候只是搖搖頭，每到此刻，我渾身的血就快要沸騰起來。

「您接待馬勒夫斯基先生又是為何？」我有一次問她。

「他那小鬍子多麼漂亮啊，」她回答，「但這您又不懂。」

「您該不會以為我喜歡他吧？」還有一回她這樣問我，「不，這樣讓我瞧不上的人我不會喜歡。我應該會愛上一個能挫敗我的人……最好別讓我撞上這樣的人，上帝慈悲！不要落入任何人的魔掌，打死也不，絕不！」

「這樣的話，您永遠也別想愛上誰了？」

「但您呢？難道我不愛您嗎？」她說完就用手套的指頭打了一下我的鼻子。

是啊，吉娜伊達太能拿我取樂了。接下來的三週，我每天都跟她見面。凡是她能想出來的事，跟我都做遍了！她很少來我們家了，而我並不為此感到遺憾。在我們家她就得舉止得體，像一位淑女、一位公爵小姐，那樣我就不認得她了。我害怕在母親面前把自己的祕密和盤供出。她很不欣賞吉娜伊達，並不太友好地留意我們的行蹤。我反倒不太害怕父親，他似乎沒注意我，而跟她也極少說話，即便要說，也極為睿智和意味深長。

我停止複習，不再讀書，我甚至停止到周圍四郊去散步，也不再騎馬。我像一隻被束縛手腳的甲殼蟲，總是圍著戀人的廂房轉圈，就彷彿可以永遠地留在那裡一樣……但這是不可能的。母親對我嘮叨，有時候吉娜伊達自己也趕我早點回家。那時候我就把自己反鎖在房間裡，或者走到花園的盡頭那裡，爬到高高的石頭壘砌的花房廢墟之上，兩條腿懸掛在面朝小路的牆上，一坐好幾個小時，望啊望，但什麼也沒望見。離我不遠，幾隻白色的蝴蝶在沾滿灰塵的蕁麻叢中上下翻飛、翩翩起舞；一隻機敏的麻雀歇在不遠處的一塊半毀的紅磚上面，憤怒地嘰嘰喳喳，整個身體不停地扭過來轉過去，亮開牠的尾羽；疑心很重的烏鴉偶爾還要鳴叫幾聲，牠們遠遠地、遠遠地躲在光禿禿的白樺樹巔上；而稀疏的白樺樹枝間，陽光和風靜靜地閃著光；間或傳來頓河修道院鐘樓的鐘聲，沉靜、淒涼——我只是枯坐，凝望，傾聽——全身充滿了某種莫可名狀的感受，它蘊含了一切：憂鬱、快樂、對未來的預感，還有欲望和對生命的恐懼。但是，那個時候我對此完全一無所知，也無法將我心裡盤桓不去的美好加以命名。或許，我能為這一切取的名字只有一個，那就是吉娜伊達的芳名。

而吉娜伊達一直像貓捉老鼠一樣捉弄我。她一下跟我賣弄風情，我就心神蕩漾、陶醉其中，而一下又將我一把推開，讓我不敢再接近她、不敢再看她。

我記得，一連好幾天她對我都非常冷淡，我完全害怕起來，怯懦地跑到他們的房子裡，竭力爭取老公爵夫人的支持，也不管那個時候正是老太太罵人和叫嚷得最大聲的時候。她的訴訟案子進展得很不順，她應警察局局長的要求已做了兩次書面說明了。

有一次，我在花園裡路過熟悉的籬笆，就一眼看見了吉娜伊達，她支著兩隻手臂，坐在草地那兒，一動不動。我本想悄悄閃開，但她卻突然抬起頭，朝我打了一個命令式的手勢。我在原地僵住了，我一開始沒明白她的意思，她又重複了一次手勢。我立即跨過籬笆，高興地跑到她跟前。她示意我停下，命令我站到離她兩步遠的小路上去。我太難為情了，不知道該怎麼辦才好，就單腿跪在小路邊上。她的臉色非常蒼白，滿臉痛苦的哀傷，深深的疲憊寫在她的臉上。我的心一下子發緊了，不由含含糊糊地說道：「您怎麼啦？」

吉娜伊達伸手摘了一片草葉，嚼了嚼，就又扔到一邊，遠遠地。

「您非常愛我嗎？」她最後問我，「是嗎？」

我什麼也沒回答——我又憑什麼要回答呢？

「是啊，」她又說了一遍，像先前一樣看著我，「就是這樣。都是一樣的眼睛。」她補上一句，陷入沉思，又用雙手捂住臉。「這一切都讓我煩透了，」她低聲說：「我想跑到天涯海角，我承受不了這一切，我真搞不懂……未來到底會有什麼等待著我呢！……唉，我太痛苦了……我的上帝，我太痛苦了！」

「為了什麼？」我怯生生地問。

吉娜伊達並未回答我，只是聳了聳肩。我繼續單腿跪在路邊，帶著深深的沮喪望著她。她的每一句話都像刀一樣直戳我心。那一刻我感到，只要能讓她不再痛苦不堪，我甘願獻出自己的生命。我望著她，還是不明白，她為何那樣難過，但我能清楚地想像到，面對突如其來難以承受的悲傷，她是怎樣走進花園，像被鐮刀砍倒一樣倒在地上。夜色皎潔，周圍綠茵一片，風吹得樹葉沙沙作響，時不時把吉娜伊達頭上那棵覆盆子樹長長的枝條搖來晃去。某處傳來鴿子的咕咕聲，還有蜜蜂的嗡嗡聲，牠們循著稀疏的草葉叢來回低飛。頭頂的藍天溫柔地泛著青色的光，而我卻這樣憂傷。

「給我讀點詩吧，」吉娜伊達幽幽地說完，撐起手肘來，「我喜歡您讀詩的樣子。您像是吟唱，但這沒有什麼，這是青春在歌唱。您就念那首〈格魯吉亞的山崗〉[21]。不過請您先坐下來念。」

我坐下來，為她誦讀完了〈格魯吉亞的山崗〉。

「『它要說不愛也無可能』，」吉娜伊達跟著念這一句，「這就是詩歌的精妙：它告訴我們那些不存在的東西，還告訴我們那些不僅比存在的更美好、甚至更接近於真實的東西……它要說不愛也無可能——它想不愛，但不可能！」她又沉默了，忽然精神一振，站起身來，「咱們走吧。馬伊達諾夫還坐在媽媽那兒。他給我帶來了一首長詩，而我丟下他不管。他現在也一樣傷心……有什麼辦法！您早晚就會明白，只是請您千萬別生我的氣！」

吉娜伊達急急忙忙地握了一下我的手，就直接往前跑。我們回到了他們的廂房。馬伊達諾夫開始為我們朗讀自己剛剛出版的長詩《女殺人犯》，但我並沒有聽他朗誦。他拉長音調高聲朗讀四音步抑揚格的詩句，韻腳交替出現，彷彿手鈴般丁零作響，空洞又高調，而我一直盯著吉娜伊達看，努力想弄明白她最後說的話是什麼含義。

是否有一個祕密的情敵
意外地將你擊倒？——

馬伊達諾夫高聲地哼著，我和吉娜伊達四目相對。她垂下眼瞼，臉微微紅了。發現她臉紅，我因為吃驚而心裡一涼。最開始我就已經在吃醋了，但也只是在這個時刻，我的腦海裡才閃過一個她戀愛了的念頭：「我的上帝，她愛上什麼人了！」

---

21 普希金的一首詩，寫於他遊歷高加索的一八二九年。

# 10

我所有的折磨苦難從那一刻起才真正開始。我絞盡腦汁，凝神沉思，翻來覆去地思索，不停地、盡可能隱密地注意吉娜伊達的行蹤。她完全變了，這是顯而易見的。她一個人出門去散步，而且散步很久。有時，客人來了她也不露面，一連幾個小時坐在自己的房間裡不出來。在這之前她還從沒有出現過這種情況。我突然變得──至少我感覺我是變得──具有非凡的洞察力了。「是他？或者難道會是他？」我自問自答，一邊焦慮不安地把她的崇拜者一個個輪番思量了個遍。馬勒夫斯基伯爵（儘管我羞於替吉娜伊達承認這一點）讓我感覺比其他人隱隱地更具威脅性。

我的洞察力還沒超過我的鼻頭那麼遠，如此一來，恐怕我的心事也瞞不過任何人，至少盧申醫師很快就戳破了這層窗紙。此外，他最近的變化也著實不小：他瘦了一圈，還是喜歡笑，不過似乎笑得更沉鬱、更壞、更短，先前的輕鬆諷喻和肆無忌憚的厚顏無恥被一種不由自主而神經質的易怒所取代。

「年輕人，您不停地來這裡閒逛到底所為何事呢？」有一次查謝金娜家客廳只剩下我們倆的時候，他這樣問我（公爵小姐散步還沒有回來，而閣樓上傳來公爵夫人嚷嚷的呵斥聲：她正在罵女僕人）。「趁年輕，您應該讀書、用功，但您都在幹什麼？」

「您不可能知道我在家有沒有用功。」我反駁道，帶一點傲慢，然而也不無慌張。

「您都在用什麼功啊，這裡？這不是您的真心話。算了，我不跟您吵……像您這個年紀，這也是理所當然的事情。只是您的選擇嘛，不太成功。難道您看不出來，這是個什麼地方？」

「我不懂您在說什麼。」我說。

「聽不懂？那樣更糟了。我有責任預先警告您。我們這些兄弟——這些老光棍——可以來這裡，我們有什麼辦法呢？我們都是經過千錘百鍊的人，百毒不侵，而您刀口還沒開刃，這裡的空氣對您有害。請您相信我，您會被傳染壞的。」

「怎麼會這樣？」

「就是這樣。難道您現在是健康的嗎？難道您的狀況正常嗎？難道您所感受到的於您有益、對您好嗎？」

「我都感受到什麼了？」我嘴上這樣說，心裡已承認醫生說得對。

「嘿，年輕人、年輕人啊，」醫生接著說，他那種表情，似乎這兩句話對我是一種極大的屈辱似的，「這點您就別狡辯了，上帝保佑，您心裡想的，都寫在臉上了。但話又說回來，解釋什麼呢？我自己本來都不該來的，假使（醫生咬了一下嘴唇）……假使我不是如此一個怪人的話。這也就是為何我很吃驚，您如此睿智，會看不見您身邊發生了什麼事？」

「到底發生了什麼事情？」我接過話頭，全身警覺了起來。

醫生用一種嘲諷的憐憫看我一眼。

「我既然是個好人，」他說道，好像自言自語一樣，「非常有必要跟他說明白。總而言之，」他接著說，提高了嗓門，「再跟您說一遍，這裡的氛圍不適合您。您覺得在這裡很舒服，但愉快的事情到處都有！就比方說花房裡香氣宜人，卻不適合住在那裡。哎，您聽我的話吧，還是回去讀讀凱達諾夫的教科書吧！」

公爵夫人走進屋，開始跟醫生抱怨起牙痛。隨後，吉娜伊達出現了。

「您看，」公爵夫人開口說：「醫生，您倒是說說她呀。她整天喝冰水，難道這對她有好處，就憑她那虛弱的肺？」

「您幹嘛要這樣做？」盧申問。

「這樣能出什麼事情？」

「什麼事情？您會傷風感冒，會死掉。」

「真的嗎？不會吧？那又如何——早去晚去都是這條路！」

「原來如此！」醫生直埋怨。公爵夫人走了。

「就是這麼回事，」吉娜伊達跟著說：「難道生活就如此美好嗎？看看您周圍……什麼——好？或許，您以為我不懂這些，也感受不到？我就覺得喝冰水舒服，而您也可以一本正經地說服我，如此美好的生活就不值得用一時的享受冒險毀掉它，更別讓我談什麼幸福了。」

「啊，是這樣，」盧申說：「任性與我行我素……這兩個詞涵蓋了您的全部，您整個人都由這兩個詞組成。」

吉娜伊達的笑有點不自然。

「您這話可說遲了，親愛的大夫。您觀察得不認真，您落伍了。您請戴好眼鏡。現在我哪裡有到任性胡為的分上，我愚弄你們，你們也愚弄我……又怎麼有快樂可言！至於說到我行我素……沃里德馬爾先生，」她突然說道，一邊跺了一下腳，「不要裝出一副悶悶不樂的面孔來。我受不了別人的憐憫。」她急匆匆地走了出去。

「年輕人，這樣的氣氛對您有害，有害。」盧申醫師又對我說了一遍。

## 11

還是這一天晚上，常客再次聚集到查謝金娜家。其中也有我一個。話題從馬伊達諾夫的長詩開始，吉娜伊達誠懇地讚揚了這首詩。

「您知道嗎？」她跟他說：「我要是詩人，就會換一個題材寫。或許，也都是無稽之談，但有時候有一些奇怪的想法會鑽進我的腦海裡，尤其是天快亮而我還沒有睡著的時候，還有當天空的顏色漸漸變成玫瑰色或灰白色的時候，我就會，譬如……你們不會都笑我吧？」

「不會！不會！」我們幾個異口同聲地說。

「我就會描寫，」她繼續說，雙手交叉放在胸前，眼睛望著旁邊，「深夜裡，一條大船，一群少女，在靜靜的河上泛舟。月光皎潔無瑕，少女都身穿潔白長裙，頭戴白色花冠，唱著，你們知道嗎，類似於讚美歌一類的頌歌。」

「知道，知道，請繼續說。」馬伊達諾夫大聲又充滿憧憬地說。

「忽然，一陣喧嘩，笑聲，火把熊熊，岸上鑼鼓喧天……酒神的一群女祭司又唱又喊地跑過來。要知道，景色描寫可是您的拿手好戲，詩人先生……可是我想讓火把燒得紅彤彤，煙也很大，好讓女祭司的眼睛在花冠之下熠熠發光，而花冠應該偏暗一些。當然也別忘了描寫虎皮和高腳酒杯，還有黃金、許多黃金。」

「哪個地方會需要黃金呢？」馬伊達諾夫問，把直直的頭髮甩到腦後，鼻孔都放大了。

「哪個地方？兩肩上、兩手上、兩條腿上，到處都能用。聽說，古代的婦女連腳踝上都戴金腳箍。女祭司將少女召回到船艙裡。少女停止了唱讚美歌——她們沒辦法繼續唱下去——但她們並未挪動，河水將她們送到岸邊。突然，有一位少女站了起來……這是需要好好寫一寫的：她如何在月光下慢慢站起身，她的其他女性友人又如何擔驚受怕……她剛一跨過船舷，那些女祭司就將她團團圍攏，載著她消失在黑夜、消失在茫茫夜色中……這裡要描寫一股股濃煙，一切混亂不堪。只聽見她們刺耳的尖叫聲，還有她落在岸邊的花冠。」

吉娜伊達說完，停下來不做聲了。（「噢！她愛上什麼人了！」——我還在想。）

「就只有這些？」馬伊達諾夫問。

「只有這些。」吉娜伊達回他。

「要成為一首長詩的題材這還不夠，」他鄭重指出，「但我可以參考您的構思寫一首抒情詩歌。」

「浪漫主義的？」馬勒夫斯基問。

「當然是浪漫主義的，拜倫詩體式。」

「我個人認為，雨果要比拜倫好，」年輕的伯爵隨口說道：「雨果寫得更有趣。」

「雨果，是一流的小說家，」馬伊達諾夫說：「我的好友彤科舍耶夫在他的西班牙語小說《艾爾．特羅瓦多爾》[22]……」

「哎，是不是就是那本所有的問號都倒過來用的小說？」吉娜伊達打斷他的話。

「是的，西班牙人有這樣的習慣。我想說的是，彤科舍耶夫……」

「算了吧！你們又要爭論古典主義和浪漫主義，」吉娜伊達再次打斷他，「咱們最好還是玩遊戲吧……」

「方特遊戲？」盧申醫師接上話頭。

「不，方特有點玩膩了，還不如玩『比喻』遊戲呢。」（這個遊戲是吉娜伊達自己想出來的，說出某個物體，所有的人都竭力尋找跟其相對應的比喻，誰說的比喻最好，誰就獲獎。）

她走到窗前。夕陽剛剛落山，長長的紅雲高掛天空。

「這些雲彩像什麼？」吉娜伊達問，還沒等到我們說，就自問自答：「我找到了，這些雲就像克麗奧佩脫拉迎接安東尼奧時乘坐的金色船隊上的紫紅船帆[23]。馬伊達諾夫，您還記得前不久跟我講過這個故事吧？」

我們大家都跟《哈姆雷特》中的博羅尼[24]一樣，認為只有紫紅船帆才最像這些紅雲，而且我們中誰也找不到比這更好的比喻了。

「那時候安東尼奧幾歲？」吉娜伊達問道。

「嗯，有可能，是一個年輕人。」馬勒夫斯基說。

「是的，是個年輕人。」馬伊達諾夫很自信地附議。

「很抱歉，」盧申大聲說：「他已經四十開外了。」

「四十開外。」吉娜伊達飛快地看了他一眼，跟著說道。

我不久就回家去了。「她愛上什麼人了，」我不由地小聲說：「但他又是誰呢？」

---

22 彤科舍耶夫的西班牙語小說《艾爾．特羅瓦多爾》寫於一八二六年，一八三三年出版了俄文版。西班牙語中，問號和驚嘆號都是倒過來寫的。

23 西元前四十一年安東尼奧到東方省分巡視，並在塔爾索斯派使者去埃及，請埃及女王克麗奧佩脫拉來此會晤。女王的船隊掛著紫色的船帆，船頭包鑲黃金，從亞歷山大港啟航迎接安東尼奧。

24《哈姆雷特》第三場第二幕中有一場類似的對話，所以作者這樣寫。

## 12

日子一天天過去。吉娜伊達變得越來越奇怪和無法理解。有一次我走進她的房間，看見她坐在草墊椅子上，頭部朝著桌子的尖角。她直愣愣站起來，滿臉都淌著淚水。

「啊！是您！」她帶著一種決絕的冷笑說：「快過來吧。」

我走到她面前：她把手放到我頭上，突然抓住我的頭髮，拔起來。

「痛啊。」我終於說出來。

「噢！痛！難道我不痛？我不痛？」她一再重複。

「哎呀！」她突然喊起來，發現她拔下了一小綹我的頭髮。「我都幹了什麼啊？可憐的沃里德馬爾先生！」

她小心翼翼捋順那綹頭髮，又將頭髮繞著手指頭纏繞，把頭髮捲成一個小圓圈。

「我要將您的頭髮鑲嵌到我的圓形頸飾上，我會戴著它，」她說，而眼眶裡仍然閃著淚光，「這也許能給您帶來些許安慰……那現在就讓我們說再見吧。」

我回到家，就遇到一件不太愉快的事情。母親正在跟父親吵架：她因為某件事責怪他，而他，按照自己的習慣做法，冷淡又有禮貌地默不作答，不久就騎馬離開了。我沒能聽清母親說了些什麼，而且我也沒顧得上去聽。我只記得她吵完架之後吩咐人讓我到她屋子裡去，很不滿意地責怪我經常拜訪公爵夫人家，照她的話說，公爵夫人是**une femme capable de tout**[25]。我上前去吻了她的手（每次要終止談話，我都這樣做），就直接回了自己房間。

吉娜伊達的眼淚讓我方寸大亂。我完全不知道，這意味著什麼，我也真想哭一場。我畢竟還是個孩子，雖說我也十六歲了。我已完全不去管馬勒夫斯基了，儘管別羅夫卓洛夫一天天變得愈來愈凶神惡煞，像狼盯著羊一樣死盯著敏捷狡猾的伯爵。沒什麼事情好讓我想，也沒什麼人好讓我想的。我迷失在胡思亂想之中，一直只想找一個與世隔絕的地方躲起來。我特別中意溫室花房遺址那個地方。我常常爬上高牆，坐下來，我像一個如此不幸、孤獨、憂鬱的少年一樣坐在那裡，連我自己都可憐起自己來了，而這些感傷又是如此讓我滿足、如此令我陶醉……

有一天，我正坐在牆頭上，眺望遠處，傾聽教堂鐘聲……忽然不知道什麼從我身上掠過——不像風，也不是寒顫，好像是人身上的氣息，好像人走近的感覺……我朝下

---

25 法語：什麼事情都幹得出來、什麼都無所謂的女人。（原注）

看，就看到下面路上吉娜伊達急匆匆走過來，她身穿淺灰色連衣裙，肩上打著粉紅色陽傘。她也看見了我，停了腳步，把草帽沿往後一推，抬起一雙溫柔的眼睛看著我。

「您坐在那麼高的地方做什麼？」她問我，帶著一種怪異的笑。「您看，」她接著說：「您總是說您愛我，如果您真的愛我，那麼就跳到路上，到我這裡來。」

還沒等吉娜伊達說完話，我已經縱身飛躍下去，就好像有人在背後推了我一把一樣。這堵牆高約兩俄丈。我的雙腳先著地，但由於衝擊力太大我沒站穩。我摔倒在地，瞬間失去了知覺。等我恢復了知覺，眼睛還沒睜開，已感覺吉娜伊達就在身邊。

「我親愛的孩子，」她一邊說著話，一邊向我俯下身——她的聲音帶著一種焦急萬分的溫柔，「你怎麼能這樣做，你怎麼能聽我說的呢……你知道我愛你……快起來。」

她的胸脯在我的胸前起伏，她的手撫摸著我的頭，忽然——那時我發生了什麼事情呢！——我的整個臉部都被她那柔軟、紅潤的嘴唇印滿了吻……她的嘴唇吻到了我的嘴唇……但很快，吉娜伊達也許猜到了，她根據我的臉部表情判斷，我已經恢復了知覺，雖然我還沒有睜開眼睛，於是她迅速站起來，說：

「您快起來吧，調皮鬼，瘋子，何苦躺在地上？」

我從地上站了起來。

「把我的陽傘遞給我，」吉娜伊達說：「看，我不知把它扔哪裡去了。您快別這樣看我……傻不傻呀？您沒跌壞吧？大概，蕁麻沒有刺傷您吧？跟您說話呢，您別盯著我……但他什麼也不明白，什麼也沒回答，」她彷彿自言自語地說。「趕緊回家吧，沃里德馬爾先生，清潔洗漱一番，不許跟著我，否則我就生氣了，而且永遠也別再……」她還沒等說完，就急匆匆地走開，而我一屁股坐在路上……我的腳還站不穩。

蕁麻的刺把我的手扎傷了，背也痛，頭昏腦脹。只是我剛剛得到的無比幸福、陶醉之感，在我的生命中不會再重現了。它是我全身最甜蜜的痛，最終轉化成興奮無比的歡呼雀躍。的確，我還是個孩子。

# 13

那一天我如此快樂和驕傲，吉娜伊達親吻的感覺一直鮮活地保存在我臉上，她說的每一句話我都記得清清楚楚，我帶著如此幸福的戰慄想起她說的每一句話，我如此珍愛這份突如其來的幸福，我甚至因此感到害怕，甚至都不想再看見她，這位為我帶來這些從未有過的幸福的「肇事者」。我感覺，我從此已無法再對命運有絲毫奢求，唯只需要「最後一次深呼吸，爾後就死去」。然而第二天我去到她家的時候，對於我這樣一位希望給人留下能夠保守祕密的感覺、極其體面的人來說，卻感到了莫大的窘迫，儘管我徒勞地竭力想在可憐的舉止得體的假面具下加以掩蓋。

吉娜伊達非常大方地接待我，沒有一絲一毫的激動，只是用手指警告我，隨後問我，背上還有沒有瘀傷？我那可憐的一點放肆和神祕一下子消失得無影無蹤，除此之外，消失的還有我的局促不安。自然，我並沒有什麼特殊的指望，倒是吉娜伊達的平靜簡直猶如一盆冷水淋了我一頭。我明白了在她眼裡我不過是個小毛孩——我多麼難過！她在屋內跑前跑後，每次看到我都飛快地微笑一下，但她的思緒卻在遠遠的別處，這一點我看得很清楚……「我要不要說起昨晚的事情，」我在想，「問問她急急忙忙跑到哪裡去了，也好讓我弄個水落石出……」但我只是揮揮手，就坐到角落那邊去了。

別羅夫卓洛夫進來了，看到我在，他很高興。

「我還沒找到一匹馴好的馬駒給您騎乘，」他開口說，用一種嚴肅的腔調，「弗雷塔克保證會幫我找一匹，但我不信。我擔心找不到。」

「您擔心什麼呢，」吉娜伊達問，「請問？」

「擔心什麼？要知道您還不會騎馬，老天也不知道會出什麼亂子！您腦子裡怎麼就突然起了這種天馬行空的念頭？」

「別操心，這是我自己的事了！我的野獸先生。這樣的話，我找找彼得．瓦西里伊奇。」（我的父親叫彼得．瓦西里伊奇。我驚奇的是，她如此輕鬆和自如地提到父親的名字，對於父親樂意效勞非常有自信。）

「原來如此，」別羅夫卓洛夫反問道：「您這是準備跟他去騎馬嗎？」

「跟他還是跟別人騎馬，對於你們反正都一樣。只是不跟你們騎馬。」

「不跟我騎馬，」別羅夫卓洛夫順著她說：「隨您的便。好吧，馬我給您去弄一匹。」

「您可要注意了，別弄一頭什麼母牛過來！我可跟您說得清清楚楚，我是要去騎馬。」

「您騎馬，也許……但跟誰，是跟馬勒夫斯基去騎馬嗎？」

「但為何就不能跟他，一個當過兵的騎馬呢？好啦，少安毋躁，」她說：「別光眨眼睛。我也叫您一起去。您也知道馬勒夫斯基現在對於我來說算什麼——嗨！」她搖了一下頭。

「您說這些不過是為了安慰我。」別羅夫卓洛夫發牢騷地說。

吉娜伊達微微瞇起了眼睛。

「為了安慰您？噢……噢……噢，軍人！」她最後說，彷彿找不到另外一個更合適的詞，「而您呢，沃里德馬爾先生！您會跟我們一起去騎馬嗎？」

「我不喜歡……人太多……」我嘟囔了一句，眼睛也沒抬。

「您更願意 tête-à-tête[26]？好吧，青菜蘿蔔，各有所愛，」她歎了一口氣說：「您走吧，別羅夫卓洛夫，去張羅，明天我就需要一匹馬。」

「好啊，但錢從哪裡弄？」公爵夫人插話問。

吉娜伊達蹙起了眉頭。

「我不跟您拿錢，別羅夫卓洛夫會借給我。」

「借給你，借給你……」公爵夫人埋怨她——突然，用全身氣力大喊一聲：「小傻瓜！」

「媽咪，我可給您送過一個小鈴鐺。」公爵小姐說道。

「小傻瓜！」老太太又說了一遍。別羅夫卓洛夫行禮告辭，我也跟他一道離開。吉娜伊達並未挽留我。

# 14

翌日早晨我也起得很早。我給自己砍了一根手杖，就動身去城門外。我自己的說法是去散心解愁。天氣非常好，晴空萬里，氣溫不高，清新而令人愉悅的風在田野吹拂，風兒好像在竊竊私語、嬉戲，恬靜不喧，草木不驚。我盤桓山野、巡遊森林，我卻並未感到自己是個幸福之人。我離開家門，本想沉湎於憂鬱苦悶中不拔，但是，朝氣勃發的青春、宜人的天氣、清新的空氣、快走的愉悅、躺在茂盛的草地上獨處的愜意，等等，似乎一下子就占了上風。我又想起那些永難忘卻的話語、想起那些親吻，這些再次湧入我的心田。無論如何，吉娜伊達不可能不對我的執著和英勇之舉給予公道，想到這些，還是讓我感到高興……

「她覺得有比我更好的人選，」我想，「隨它去吧！那些人只會說要去做什麼，而我已經做過了！而且也許我還有機會再為她做些什麼！……」我浮想聯翩。我開始設想怎

26　法語：頭碰頭，一對一。意即兩個人單獨相處。（原注）

樣從壞人的魔掌之中將她解救，設想我渾身是血地從牢房裡將她拯救，設想我死在她的腳邊。我記起了我們家客廳掛著的一幅畫：劫持瑪姬麗達的馬列克——阿格利亞[27]，但我的注意力馬上被一隻體型很大、顏色斑斕的啄木鳥吸引，牠一邊忙著順著一根纖細的白樺樹枝往上爬，一邊像一位從低音提琴的頸部後面張望的演奏家一樣從樹枝後面緊張地左顧右盼。

隨後我哼唱起〈不白的雪〉[28]，還唱起一首那時很流行的浪漫曲〈當調皮的微風吹起，我正等著你〉；我開始大聲朗誦起霍緬科夫[29]悲劇中葉爾馬克給星星的獨白；我試圖用一種沉浸體寫點東西，甚至構思好了每首詩結尾都能用到的一句：「噢，吉娜伊達！吉娜伊達！」但最後什麼也沒寫成。況且此時已到了午飯時間。我下山到谷底，進城的那條窄窄的沙礫小徑蜿蜒曲折。我順著這條小路往回走……一陣低沉的馬蹄聲在我身後響起。我回頭一看，不禁停下了腳步，揮了一下寬簷帽子：我看見了我的父親和吉娜伊達。他們並駕齊驅，父親跟她說著什麼，整個身體向她傾過去，一隻手撐著馬脖子，他笑容可掬。吉娜伊達靜靜地聽他說，表情嚴肅地低垂眼睛，緊閉雙唇。一開始我只看到他們兩個，過了一小會兒，山谷的拐彎處，穿一身帶披肩的驃騎兵制服的別羅夫卓洛夫騎著一匹渾身汗涔涔的黑馬趕了過來。可憐的馬累得直晃腦袋，打著響鼻，馬蹄亂舞，騎在上面的人連忙穩住牠，用馬刺蹬著牠。我側身閃到路邊。父親勒了一下韁繩，從吉娜伊達處回過身來，她也慢慢抬起眼睛看了他一下，兩個人策馬離開……別羅夫卓洛夫緊隨其後，挎著的馬刀又一陣叮噹作響。「他紅撲撲的，像一隻蝦，」我尋思，「而她呢……為何她臉色蒼白？騎了一早晨的馬，臉色卻一點兒沒泛紅？」

我加快腳步，回家剛好趕上了午餐開席。父親梳洗一新，換好衣服，高高興興靠著母親的沙發椅安坐，他用流暢和響亮的嗓音為她讀了一篇《Journal des Débats》[30]上面的諷刺小品。但母親聽得漫不經心，看到我時，問我一整天都跑哪裡去了，並接著說她不喜歡有人在鬼才知道的地方和鬼才知道的人鬼混。「我只是散步去了。」我本想這樣回答，但看一眼父親，不知什麼緣故又默不出聲。

27 取材於法國女作家索菲·格登（一七七三—一八〇七）長篇小說《瑪姬麗達》中描寫一八〇五年十字軍遠征的有關情景。

28 一首家喻戶曉的俄羅斯民歌。

29 一八〇四—一八六〇，俄羅斯詩人、藝術家、政論家、神學家、哲學家。下文「葉爾馬克給星星的獨白」指的是霍緬科夫的悲劇《葉爾馬克》第五幕第三場中的獨白。

30 法語：《論壇報》。

# 15

接下來的五六天時間裡，我幾乎沒見過吉娜伊達。她自稱病倒了，但這並沒有妨礙她家來客——按照他們所有人的表述——來執勤上班，除了馬伊達諾夫，只要找不到機會縱情歡樂，他就立刻洩了氣，憂鬱無聊起來。別羅夫卓洛夫悶悶不樂地坐在角落裡，衣服的扣子全扣上，臉發窘發紅。伯爵馬勒夫斯基的小臉上總透著一種使壞的微笑，他真的未能獲得吉娜伊達的好感，於是拚命討好老公爵夫人，陪她坐著驛站的四輪馬車去拜訪總督。要說的是，這次拜訪很不成功，甚至弄得馬勒夫斯基很不愉快。有人跟他提到他跟幾個交通稽查軍官之間發生的事情，他就只好辯解說明，他那個時候太年輕不懂事。盧申一天會來一兩次，但都待不久。我自從上一次跟他交流之後開始有點怕他，同時又感覺自己真誠地愛慕他。有一次他跟我在涅斯庫齊內公園散步，非常友善、殷勤，告訴我各種植物和花卉的名稱、特性，忽然，他莫名其妙地大叫一聲，還拍了一下自己的腦袋：「我真笨，總以為她水性楊花！然而看得出，犧牲自己是甜蜜的——對某些人來說。」

「您說這些是想表達什麼呢？」我問。

「我跟您沒想表達什麼。」盧申吞吞吐吐反駁。

吉娜伊達總躲著我。我的露面——我不可能不發現這一點——讓她尷尬。她有意避開我……有意地，這也是我痛苦、傷心難過的地方！但我也無力回天，所以我竭力不讓她看到我，只能遠遠地守候她，但並非總是成功。我跟她之間總會有一些讓人不理解的事情發生。她的臉色變了，她整個人也變了。特別讓我吃驚的是她身上發生的一個改變。那個溫暖、寂靜的夜晚，在接骨木那片寬闊的樹蔭下，我坐在矮凳上。我喜歡這個地方，那裡能望見吉娜伊達房間的窗戶。我的頭上，一隻小鳥在漸漸發暗的樹葉裡忙碌地跳來跳去；一隻灰貓伸長脊背，小心翼翼溜進花園；第一批出現的甲殼蟲，在儘管已經不太明亮卻也還算半透明的天色中笨重地嗡嗡奏鳴。我望著那扇窗，等待著，它會打開嗎……果然，窗門真的敞開了，吉娜伊達出現在窗口。她身穿一件白色連衣裙，她整個人，她的臉、肩膀和手都蒼白如白玉。她久久地站在那裡，一動不動，緊鎖的眉毛下，她的雙眼同樣久久地盯著一個地方看，一動不動。我從未見過她這樣的目光。隨後她雙手合十，緊緊地、緊緊地合攏，舉到嘴邊、額頭——突然伸開手指，將頭髮往耳後一梳，晃晃頭髮，帶著某種堅定的神情自上而下地搖了搖頭，砰的一聲關上了窗。

三天後她在花園裡遇到我。我本想躲開的，但她主動喊住了我。

「請把您的手給我，」她以一種跟以往一樣的親切口氣跟我說：「我們好久都沒好好聊聊了。」

我看了她一眼，她的眼睛發亮，臉上的微笑彷彿穿過雲霧透過來一般。

「您始終還沒有康復吧？」我問她。

「沒有，不過一切都過去了。」她回答我，折了一小朵紅玫瑰，「我有點累，但也會過去的。」

「您可以恢復如初，又像以前一樣？」我問。

吉娜伊達把玫瑰花抬至臉前，我覺得，那些鮮豔的花瓣的光彩一下子折射到了她的臉上。

「難道我變了嗎？」她問我。

「是的，變了。」我訥訥地說。

「我是冷落了您——我知道的，」吉娜伊達開始說道：「但您不應該太在意這個……我也是沒有辦法……喂，還是別說這個了！」

「您不希望我愛您——就是這麼回事！」我憂鬱地喊起來，不禁有點激動。

「不是的，請您愛我，只是別跟以前一樣。」

「那怎麼行啊？」

「讓我們做好朋友吧，就這樣！」吉娜伊達讓我聞了聞玫瑰花，「聽著，我比您大很多——我都可以做您的阿姨。即使不是阿姨，至少也是您的大姊姊。但您呢……」

「您還是當我是小孩子。」我打斷她的話。

「唔，是的，是小孩子，然而是一個我非常喜歡的小孩子，可愛、乖巧、聰明伶俐。從今天起我正式請您做我的侍從，而您請別忘了，侍從是不能離開他的女主人的。這就是您新爵位的標識，」她將玫瑰花別到我的外套鈕扣上接著說：「我對您寵愛的標記。」

「我以前還得到過您其他寵愛。」我喃喃地說。

「哦！」吉娜伊達側身瞥了我一眼說道：「他的記性倒真好！好吧！我現在就準備給您……」

於是，她彎下身，在我的額頭上印刻了一個乾乾淨淨、毫無感情色彩的吻。

我剛看了她一眼，她就轉過身說：「跟我來，我的侍從。」她往家裡走去。我起身跟在她後面，始終糊裡糊塗。「難道，」我想：「這個溫順、通情達理的姑娘，就是我認識的吉娜伊達嗎？」她的步履也讓我覺得比以前更輕穩。她整個人的形象都顯得更高貴、更美麗動人……

啊，我的上帝！一股完全嶄新的力量又讓我心底的愛戀之火熊熊燃燒！

# 16

午飯後，客人又聚在廂房，公爵小姐出來迎接他們。大家全到齊了，一個不少，跟我永遠都忘不掉的第一次聚會一樣，甚至尼爾馬茨基也蹣跚趕來。馬伊達諾夫這一次比別人來得早，他帶來了他新創作的詩歌。玩的遊戲還是方特，但已經去掉先前那些奇奇怪怪的越軌行為，也沒有愚蠢之舉和喧嘩吵鬧，吉普賽元素已褪去。吉娜伊達為我們的聚會賦予了新的風格。按照侍從的規矩，我坐在她旁邊。與此同時，她還提議，中了方特獎的人要講一個自己做過的夢，可惜不太成功。有些夢要嘛沒啥意思（別羅夫卓洛夫夢到拿鯽魚餵他的馬，但馬頭又是木頭做的），要嘛不太像夢，像拼湊的。馬伊達諾夫跟我們分享了他寫的一部完整的中篇小說：那裡有墓穴、有彈里拉琴的小天使、有會說話的鮮花，還有遙遠的天外之音。吉娜伊達沒讓他講完。

「假如事情要搞到大家開始胡編亂湊，」她說：「還不如乾脆讓每個人隨便講一個完完全全虛構的故事。」

頭一個抽到要講故事的還是別羅夫卓洛夫。

年輕的驃騎兵有點尷尬。

「我什麼也虛構不出來。」他喊道。

「這不太小兒科了嗎！」吉娜伊達鼓勵他。「喏，想像一下，就比如說，您要是結婚了，您就跟我們說說，您會跟您的太太怎樣過日子。您會把她鎖在家裡嗎？」

「我會鎖她在家。」

「您自己會跟她一起嗎？」

「我自己肯定會跟她一起。」

「太棒了。喂，那要是讓她厭煩了，她給您戴綠帽子呢？」

「我會殺了她。」

「但如果她跑掉了呢？」

「我還是會追回她並無論如何都會殺了她。」

「好的。而再假如我是您的太太，您又會怎樣呢？」

別羅夫卓洛夫沉默了。

「我就自殺。」

吉娜伊達笑了起來。

「我明白了，您唱不來太長的歌。」

第二個方特籤是吉娜伊達抽中的。她抬頭望著天花板，陷入沉思。

「好了，你們注意聽，」她最後終於開始了，「我虛構的故事……想像一下，一座氣勢宏偉的宮殿，夏夜，令人驚豔的舞會。而這個舞會是年輕的女王舉辦的。到處都金碧輝煌，大理石、水晶燈、絲綢、篝火、鑽石、鮮花、美食，所有您能想到的任性無理的奢華要求全應有盡有。」

「您喜歡奢華？」盧申打斷她的話。

「因為奢華漂亮，」她反駁說：「漂亮的我都喜歡。」

「愛奢華比愛美麗還要多嗎？」他繼續問。

「這就有點鑽牛角尖了，我不懂。別打斷我。是這樣，盛大無比的舞會。嘉賓如雲，年輕，俊美，英勇無畏，他們都瘋狂愛上了女王。」

「來賓中就沒有女士嗎？」馬勒夫斯基問。

「沒有——等一下——有女士。」

「女士一個都不漂亮？」

「一樣動人。但所有的男人都愛上了女王。她身材高䠷、楚楚動人，一頂金色的小皇冠戴在她的黑髮上。」

我看了一眼吉娜伊達，這時我感到她是那樣鶴立雞群，她白皙的額頭，她寧靜的雙眉閃著聰慧的光彩，又無比親切，我不禁想道：「你就是這裡的女王！」

「所有的人都擁到她周圍，」吉娜伊達接著說：「所有的人都不惜說盡最阿諛奉承的情話。」

「她喜歡被奉承對嗎？」盧申問。

「多令人討厭啊！總是被打斷話頭……誰又不喜歡被人恭維奉承呢？」

「還有個問題，最後一個，」馬勒夫斯基說：「女王有丈夫嗎？」

「這個我倒沒想好。沒有，為何要有丈夫呢？」

「就是，」馬勒夫斯基也附和說：「為何要有丈夫呢？」

「Silence！」[31]儘管法語一向說得不好，馬伊達諾夫還是用法語喊了一聲。

「Merci，」[32]吉娜伊達謝了他，「言歸正傳，女王聽著奉承的話，也欣賞著音樂，客人中讓她鍾情的也一個都沒有。六扇大窗戶由上而下、從天花板到地板全都敞開。窗外是幽暗的天空，星星亮晶晶，而花園裡滿是高大濃密的樹木。女王望著花園。花園的樹前面有一座噴泉：夜色中它反射著光——長長的、長長的水線像幽靈一樣。眾人的說話

---

31 法語：請安靜點！（原注）
32 法語：謝謝。（原注）

聲和音樂聲中，女王仍然聽得見噴泉輕輕的濺落聲。她望著又想：你們所有的人、所有的男士，善良、聰敏、富有，你們圍著我轉，你們珍視我說的每一句話，你們所有人都願意在我的腳邊死去，我統治你們……而那裡，在噴泉旁邊，在汩汩噴濺的泉水那裡，久久佇立和等待著我的人才是我愛的人，他統治我。他身上沒穿昂貴的長袍，沒佩戴貴重的珠寶，沒有人認得他，但是他在等著我，並深信我一定會來——我就來了，任何一種權力都無法讓我停止這樣做，一旦我想要找他，和他在一起，和他一起消失在花園的幽暗裡、樹葉的沙沙聲裡，還有汩汩的泉水中……」

吉娜伊達在此打住了。

「這真是虛構？」馬勒夫斯基看都沒看吉娜伊達一眼，狡黠地問。

「我們又能做什麼呢，各位先生，」盧申突然發聲，「假如我們就身在客人之列並且認得這個噴泉幸運兒？」

「等一下，請等一下，」吉娜伊達攔住話頭，「我自己告訴你們，每個人該做些什麼。您，別羅夫卓洛夫，就應該跟他決鬥；而您，馬伊達諾夫，您可以寫一首諷刺他的短詩……可惜，不行，您寫不了諷刺短詩，您可以寫一首類似巴比耶[33]寫過的那種長抑揚格的詩歌並在《電信》[34]上登載。您呢，尼爾馬茨基，您最好借貸給他……不，您還是借高利貸給他；您，大夫……」她停住了，「您可以做些什麼，我可真不知道。」

「以御醫的身分來說，」盧中回答，「我就可以建議女王，假如她顧不上客人的話，就不該辦舞會……」

「也許，您是對的。您呢，伯爵？……」

「啊，我？」馬勒夫斯基帶著慣有的使壞微笑重複了一遍……

「您可以把有毒的糖果帶給他吃。」

馬勒夫斯基的臉微微抽搐了一下，瞬間露出猶太人的那種神情，但旋即又哈哈大笑起來。

「至於說到您呢，沃里德馬爾……」吉娜伊達繼續說：「不過，夠了，我們還是玩點別的遊戲吧。」

「沃里德馬爾先生，作為女王的侍從，在女王去到公園裡的時候，應該為她提著長裙的拖地長後襟。」馬勒夫斯基不無惡意地說。

我快氣炸了，但是吉娜伊達迅速用手按住了我的肩，站起身來，輕輕用略帶顫抖的

---

33 即奧古斯特·巴比耶（一八〇五—一八八二），法國革命浪漫主義詩人，以創作揭露法國人民的奴役者詩歌「抑揚格」著稱。

34 指的是《莫斯科電信》，自由派著名的文學雜誌。

嗓音說道：「我從未允許閣下您可以如此粗魯無禮，因此我請您立即離開。」她向他指了一下房門那裡。

「請您原諒我，公爵小姐。」馬勒夫斯基喃喃地說，滿臉煞白。

「公爵小姐完全正確。」別羅夫卓洛夫也站了起來，大聲說。

「我，對上帝發誓，無論如何，」馬勒夫斯基繼續說：「我說的話，其實，一點也沒有這樣的意思……我從來都沒想過要冒犯您……請原諒我。」

吉娜伊達冷冷地掃了他一眼，又冷冷地笑了一聲。

「也許是這樣，您就留下吧，」她隨意揮了一下手，「我和沃里德馬爾先生可是白生了一場氣。您高興螫人……悉聽尊便。」

「請原諒我。」馬勒夫斯基再次道歉，而我，回憶起吉娜伊達的舉動，不禁又想到，就是真正的女王也不可能比她更有威嚴地指著門口，叫粗魯無禮的大臣滾出去。

這齣不大的戲演過之後，方特遊戲又進行了一會兒，大家都感到有點不自然、不自在，與其說是因為這齣戲本身，不如說是因為一種不太明瞭而沉重壓抑的感覺所致。沒有人提及這種感覺，但每一個人又都切身感受到了這種感覺，甚至從鄰座人的身上也感受到了。馬伊達諾夫開始朗誦自己寫的詩歌，馬勒夫斯基用一種誇張的表情大肆讚揚他的詩歌。「他現在多麼想表現出他是個善類啊。」盧申湊近我耳旁低聲說。我們大家很快就散了。吉娜伊達忽然又陷入沉思。公爵夫人差人來說頭疼，尼爾馬茨基開始訴說他的風溼病……

我久久無法入睡，吉娜伊達虛構的故事讓我吃驚不小。

「難道這其中含有某種暗示？」我自問自答，「那麼她又在暗示誰和暗示什麼呢？假如確定是暗示的話……那又會是誰？不，不會，不可能。」我喃喃地說，熱得發燙的臉來回輾轉……但我記起了吉娜伊達講故事時她臉上的表情，記起了盧申在涅斯庫齊內公園裡所發的驚歎之語，還記起吉娜伊達對我態度的突然變化……越猜越糊塗。「他是誰？」這幾個昏暗中刻畫得清清楚楚的詞就立在我的眼前，彷彿一片低垂的不祥之雲掛在我的面前——我感到它的壓迫——我只能等待災難突然一下子爆發。近些時候，我已習慣很多事情，也看夠查謝金娜家的許多事情：他們家的雜亂無章，骯髒的蠟燭頭、折斷的刀叉、陰鬱的沃尼法季、穿得破爛又邋遢的女僕，還有公爵夫人的舉止儀態——他們奇異的生活不能使我更驚詫了……但現在更令我詫異、不得其解的是吉娜伊達，我無法習慣……「女冒險家[35]。」我的母親有一次這樣說。「女冒險家」——她，我的偶像、我的

35 出自法語「aventurier」，意即「冒險家、投機者」。

女神！這個稱呼灼痛了我，我盡量埋進枕頭不去想它，我忿忿不平——而在那個時候，只要能讓我成為噴泉旁邊那個幸運兒，幹什麼我都會同意，要我犧牲什麼都可以！……

我渾身的血在僨張、沸騰。「花園……噴泉……」我想，「我現在就去花園。」我快速穿好衣服，從屋裡溜了出去。夜色深沉，樹林竊竊低語，天空透出一股微微的寒氣，菜地裡飄過來一陣土茴香的氣味。我把公園裡的小徑走了一遍，沙沙的腳步聲既讓我局促不安，又讓我精神振奮。我停下腳步，等在那裡，聽見我的心跳——那麼激烈、那麼快速。終於我走到籬笆前面，倚靠在其中的一根木頭上。忽然——也許是我的感覺？——離我幾步遠的地方，一個女人的身影一閃而過……我睜大眼睛盯著黑暗裡看，我屏住呼吸。這是什麼？是我聽到的腳步聲？或者這又是我的心跳？「是誰？」我含含糊糊用一種勉強聽得見的聲音說。這又是什麼？抑或是影影綽綽的笑聲？……抑或是樹葉的沙沙聲……抑或是我自己的耳鳴？我感到害怕起來……「是誰？」我的聲音更低了。

突然刮起一陣風，天空中閃過一條光帶——一顆流星飛逝。「吉娜伊達？」我想問，然而話卻說不出口。忽然，四周一片死寂，萬籟俱靜，就像半夜常常發生的境況……甚至草叢裡的蛐蛐都不再鼓噪，只有不知哪裡的一扇窗戶吱呀作響。我站了一會兒，又站了一會兒，還是回到自己的房間，躺回硬邦邦的床上。我感到一種莫名的激動：彷彿我約會回來，卻是一個孤家寡人，只是在別人的幸福旁邊走了一遭。

# 17

第二天，我只是匆匆忙忙看了一眼吉娜伊達，她陪同公爵夫人坐馬車外出不知去哪裡辦事。可是我還看見了勉勉強強跟我問好的盧申和馬勒夫斯基。年輕伯爵咧著嘴大笑，友善地跟我攀談。到廂房去拜訪的客人中只有他一個硬是擠到我的家裡，還博得了母親的歡心。父親不討厭他，用一種不至於令人感到被冒犯、最低的客客氣氣的態度待他。

「**Ah, monsieur le page!**」[36]馬勒夫斯基說：「很高興見到您。您美麗的女王好嗎？」

此時此刻我是多麼反感他那活潑、英俊的臉孔。而他用一種輕蔑戲謔的眼光看著我，以至於我一句話也不想跟他說。

「您還在生我的氣？」他接著說：「徒勞無益。要知道又不是我叫您侍從的，而但凡女王多半都會有侍從。但請允許我向您指出，您侍從的工作做得並不好。」

「此話怎講？」

---

36 法語：啊，侍從先生！（原注）

「侍從應該寸步不離其主，侍從應該瞭解他們該做的一切，侍從應該守著他們的主子，」他壓低嗓門，又說：「無論白天還是黑夜。」

「您到底想說什麼？」

「我到底想說什麼？好像我表述得很清楚。無論白天，還是黑夜。白天嘛，沒什麼好說的，白天看得清，人多；可是晚上——就正好是容易出事的時候。建議您晚上別睡覺，好好盯著。記住：花園裡、夜裡、噴泉那裡——這些都需要認真警戒。您應該跟我說一聲謝謝。」

馬勒夫斯基笑了起來，又背轉過身。他說出這番話也許並沒有想表達特別的意思。作為一名高超的偽裝術者，他享有盛譽，他以其善於在化裝舞會上捉弄人而聞名，而他全身充滿的天生的虛偽感又更進一步強化了這一點……他只不過想戲弄我，但他說的每一句話都像毒液一般流遍我全身的血管。血湧上我的頭。「哦！原來如此！」我自言自語，「好啊，看起來，我沒白跑一趟花園！再不允許這樣的事情發生！」我大聲地喊起來，用拳頭砸自己的胸口，儘管我自己也不清楚——到底這樣的事情指的是什麼。「會不會是馬勒夫斯基跑到花園去了呢？」我想（有可能，他自己說漏了嘴，粗魯無禮的他幹得出這樣的事），「會不會是別人（我們花園的圍牆很矮，跨過它輕而易舉），但誰要是落到我手裡，我就要他好看！不論是誰，我勸他最好別遇上我！我要向全世界、向她——負心女（我居然也稱她為負心女）證明，我會報復。」

我回到自己的房間，從寫字臺拿出一把前不久剛買的英國製小刀，試了一下鋒利的刀刃，緊鎖眉頭，帶著一種冷靜和聚精會神的堅定信念將它放進口袋裡，好像對我來說，做這種事不足為奇，而且也並非頭一回。我的心底升起一股邪念，心腸越來越硬，直到很晚，我的眉毛一直都沒舒展開，緊閉的嘴巴也沒張開過，時不時地滿屋子踱來踱去，手在口袋裡緊緊握著那把已握得發熱的小刀，預先盤算著這件可怕的事情。這些新鮮、從未有過的感覺幾乎占滿我的心思甚至愉悅我心，以至於我都沒空去想吉娜伊達。這些感覺讓我有種錯覺：亞歷克[37]，年輕的茨岡人——「到哪裡去，美男子？——躺著吧……」後面接著：「你渾身濺滿了血！……哎呀，你都做了些什麼呀？……」——「沒什麼！」我帶著一種如此殘酷的微笑再次重複：沒什麼！

父親不在家，而母親近些時候幾乎經常處於一點就著的怒火中燒狀態，她注意到我失魂落魄的樣子，吃晚飯的時候對我說：「老鼠掉進米缸裡，你還有什麼可抱怨的？」我只是倨傲地冷笑一聲作答，心裡在想：「假如讓他們知道了呢！」時鐘敲響了十一

37 普希金長詩《茨岡人》的主角；取自普希金的名字「亞歷山大」的前兩個音節「亞歷」，隱指詩人自己。

點，我離開後回到自己的房間，但沒有更衣，一直等到子夜，最後，十二點也敲響了。「時候到了！」我從牙縫裡擠出一句話，自下而上扣好上衣所有鈕扣，還捲起兩袖，走到花園去。

我已經提前為自己選好守衛的位置。花園盡頭那裡，就是將我們家與查謝金娜家隔開的籬笆那邊，是一堵公牆和一棵孤零零的雲杉樹。守在雲杉低矮濃密的樹枝下面，對於四周發生的一切我可以看得清清楚楚，只要夜色不是那麼漆黑，那裡還有一條總讓我感到神祕的通幽小徑，籬笆下面的地方留有被人翻爬過的足跡，小徑好像蛇一樣蜿蜒向前，再通向用濃密的金合歡合圍的圓形涼亭。我走到雲杉樹那裡，靠到樹幹上，守衛工作開始了。

今夜寂靜如前夜，只是天空的雲疏朗了一些——如此一來，灌木叢、高出來的鮮花看得更清楚、更鮮豔了。守望最開始的這段時間煎熬難耐，甚至是恐怖的。我想好了，我只需設想一下：屆時我該怎麼辦？大吼一聲嗎？「你去哪裡？站住！老實招來……否則要你的命！」——或者就是給他一刀……每一個聲響，風吹草動，我都覺得有所目的、不同尋常……我醞釀著……我的身體向前傾斜……但是半個小時過去了，一個小時也過去了。我的一腔熱血慢慢涼下來、冷靜下來，而我心底已經開始有了一種感覺，感覺到我所做的這些都將徒勞無益，感覺到我多麼可笑，感覺到馬勒夫斯基只不過跟我開了一個玩笑而已。我離開埋伏點，到花園走了一整圈。好像故意跟我作對似的，任何地方一點兒最細小的動靜聲響都沒有，萬物安息，連我們家的狗都在籬笆門裡蜷縮成一團睡著了。我爬上花房的廢墟，我望著眼前廣袤的田野，想起跟吉娜伊達的相遇，不覺陷入沉思……

我渾身顫抖了一下……我好像聽到開門的咯吱聲，隨後又是小樹杈被折斷、輕輕的卡嚓聲。我三步併作兩步跳下廢墟，卻一下愣在原地。花園裡隱隱傳來一陣急促、輕微、卻又謹慎小心的腳步聲。聲音離我愈來愈近。「就是他……他，終於來了！」我心底的念頭一閃。我顫顫巍巍地掏出小刀，顫顫巍巍地把它扳開，我的眼睛冒出紅紅的火星，頭髮因為恐懼和仇恨而陡豎起來……腳步直衝著我而來——我彎下腰，迎頭而上……人看清了……我的上帝啊！這個人是我的父親！

我立即就認出了他，儘管他全身裹在一件深色的風雨衣裡，禮帽拉低蓋住了整個臉部。他踮著腳走過去。他沒有發現我，雖然沒有什麼遮擋我，而我痙攣得心驚肉跳，縮成一團，感覺幾乎要跟地面貼在一起了。妒忌得想要殺人的奧賽羅突然變成了一名中學生……父親的意外現身讓我感到如此害怕，以至於我一開始都沒發現他從哪裡出來又消失去了哪裡。直到四周靜下來的時候，我才直起腰來，想著：「父親深夜到花園裡來是為了什麼？」雖然我害怕自己不慎將小刀落在草叢裡，但我連去找它的想法都沒有過，我覺得自己非常丟臉。我一下子清醒過來。然而回家的時候，我又走到我那條長椅前面的接骨木樹下，望了一眼吉娜伊達臥室的窗戶。窗玻璃不大，微微凸起，在深夜天空瀉下的微弱光線下泛著隱約的藍光。忽然，顏色開始起了變化……就在屋裡面——這一點我看到了，而且看得清清楚楚：有點泛白的窗簾被小心翼翼地、動作很輕地放下來，一直放到窗臺位置，才停止不動。

「這到底是怎麼回事呢？」當我不知不覺回到自己的房間時，幾乎是不由自主地大聲說道：「我在做夢，純屬巧合還是什麼……」這些突然闖進我腦海裡的揣測如此新奇、陌生，以至於我都不敢信以為真。

# 18

一大清早起來我有點頭痛。昨天的激動不安已然消失，取而代之的是某種沉重壓抑的困惑和某種從未有過的憂鬱——就好像我身體裡有個什麼東西正在死去。

「您怎麼看起來就像被削了半個腦袋的兔子一樣？」我遇到盧申時，他這樣跟我說。

吃早餐的時候，我悄悄地一會兒望望父親，一會兒望望母親：父親跟往常一樣平靜；母親跟往常一樣生著悶氣。我在等，父親會不會跟從前有時候出現的情形那樣，跟我和藹地聊一會兒天……可是他甚至連平日裡冷冰冰的撫觸也沒給一個。「把這一切都告訴吉娜伊達？」我想，「要知道，反正已無所謂了——我們之間一切都結束了。」然而我到了她那裡，不但一句話也沒說，甚至連跟她聊一會兒天的機會都沒有。公爵夫人的親生兒子，士官生，十二歲，從彼得堡回來探親休假。吉娜伊達立刻就將弟弟託付給了我照管。

「我要把一位同志，」她說：「我親愛的瓦洛佳（她第一次這樣稱呼我），交給您。他也叫瓦洛佳。請您愛護他，他雖然怕生，卻是一位心地善良的好孩子。給他介紹一下涅斯庫齊內公園，陪他散散步，好好呵護他。是不是這樣，您會這樣做嗎？您跟他一樣也是好人！」

她親切地將兩隻手搭到我的肩上，而我已經完全張皇失措了。這個小孩的到來讓我自己也變回了小孩。我默默地望著小士官生，他也默默盯著我。吉娜伊達哈哈大笑起來，將我們倆推到了一塊兒。

「還是擁抱一下吧，你們兩個！」我們照做了。

「需要我帶您去公園嗎？」我問士官生。

「聽您的吩咐，閣下。」他用一種嘶啞而儼然士官生的腔調回答道。

吉娜伊達又笑了……我這才注意到她的臉上有一種我還從未見過的如此嬌媚動人的紅暈。我和士官生出發了。我們自家花園裡有一個老式的鞦韆架。我扶他坐到輕巧的鞦韆板上，開始把他盪起來。他身穿一套鑲著寬邊金銀綬帶的嶄新的厚呢子制服，一動不動地坐在那裡，兩手緊緊抓住鞦韆繩。

「要不您還是解開領扣吧。」我跟他說。

「沒關係，閣下，我們都習慣了，閣下。」他說完，咳了一下。

他長得像他的姊姊，特別是那一雙眼睛最像她。我照顧他倒也開心，然而同時那種纏綿不絕的憂愁還是悄悄啃噬著我的心。「現在我真變成小孩了，」我這樣想，「但是昨天呢……」我記起頭一天夜晚不慎丟失刀子的那個地方，竟然去找到了它。士官生跟我要走了小刀，他用它砍了一根圓葉當歸厚厚的莖稈，削成一根笛子，吹了起來。奧賽羅也吹了一會兒。

可是到黃昏時，當吉娜伊達在花園的一個角落找到他，並問他為何如此憂傷的時候，他，就是這位奧賽羅，一下子就埋在吉娜伊達的手裡哭起來。我淚如泉湧，簡直讓她嚇壞了。

「您怎麼啦？您怎麼啦，瓦洛佳？」她反覆地說，但看到我既不回答她也沒止住哭泣，就打算親吻我淚漣漣的臉頰。

我扭過臉不去理她，一面哽咽一面小聲地說：

「我全都知道了。您為什麼要這樣玩弄我？……您到底要我的愛情做什麼？」

「我對不起您，瓦洛佳……」吉娜伊達說：「哎呀，真對不起……」她一邊補充一邊握緊雙手，「我身上有太多不好、不乾淨、罪孽的東西……但現在我不是在玩弄您，我愛您——您不必懷疑，為什麼愛和怎樣愛……可是您到底知道了些什麼？」

我還能跟她說什麼呢？她站在我面前，望著我，而只要她看我一眼，我整個人就完完全全屬於她了，從頭到腳……只過了一刻鐘，我已經和士官生，還有和吉娜伊達一起，你追我趕地又跑又跳起來。我不哭了，我在笑，雖然笑的時候，我哭腫的眼瞼還有眼淚止不住地掉落，我本該繫領帶的脖頸上繫的是吉娜伊達的彩色帽帶，當我捉住吉娜伊達並抱住她的腰部的時候，我就禁不住快樂地大喊。她想玩的，都跟我玩了。

# 19

假如要我詳細講述那次不太成功的夜間探險之後一週內我都經歷了什麼，對我來說將是非常困難的事。這是一個奇特的狂熱時期，在某種混亂不堪中，最矛盾的情感、思索、懷疑、希望、快樂和痛苦如旋風般裹挾旋轉。倘若一個十六歲的少年有能力檢視自己內心的話，我害怕檢視自己，不敢豁出一切為自己做一個決斷，我只是盼著每一天的日子從白天趕快過到晚上。儘管如此，夜晚我還是睡得著……少年的輕率懵懂救了我。我不想知道我是否被愛，更不想承認沒有人愛我。我躲著父親，但躲吉娜伊達我做不到……她在的時候，我感覺像被火燒一樣……但我幹嘛要知道，灼燒我、熔化我的是哪一種火，既然我巴不得被甜蜜地灼燒、熔化？我被自己的感覺牽著走，自欺欺人，竭力不去回憶，並對將來可以預見的結果避而不見。這種煎熬折磨，恐怕也沒法持續太久……一聲驚雷一下子震醒了我，並將我再次拋向一條全新的軌道。

有一次我外出玩了很久，午飯前趕回家時，我驚奇地發現，吃午飯的只有我一個人。父親出門了，而母親身體不舒服，她不想吃東西，還把自己關在臥室裡不露面。從僕人的臉色猜到一定是發生了某種不同尋常的事情……我沒敢問他們，但伺候我飲食的年輕僕人菲力浦是我的好朋友，他對詩歌異常著迷，是個吉他手——我找了他。從他那裡我得知父親和母親之間大吵了一架（而女僕的房間裡每一個詞都聽得清清楚楚。雖然大多講的是法語，可是打掃房間的瑪莎在一位巴黎來的裁縫家裡住了五年，她法語都聽得懂）。母親指責父親背叛她，與隔壁小姐廝混，起先父親辯解，隨後大發雷霆，同時還撂下了一句狠話，「貌似是關於他們年齡的」，母親為此哭起來，好像母親還提到送給老公爵夫人一張本票的事，說了不少關於老公爵夫人還有公爵小姐的難聽的壞話，於是父親馬上翻臉威嚇母親。

「整個不幸事件的發生，」菲力浦繼續說：「都是因為一封匿名信。但是是誰寫的——無人知道，否則這種事情是如何被洩露出去的？沒有原因可以解釋。」

「難道確有其事嗎？」我費力地說，而與此同時，我的手腳發涼，有一種東西在我胸口戰慄。

菲力浦別有深意地眨了眨眼睛。

「應該有。這種事你怎麼瞞得過去？雖說您老爸這次行事謹慎，但要知道，譬如說，總得租個馬車或別的什麼的吧……沒人幫忙也不成。」

我將菲力浦打發走之後，就一頭栽倒在床上。我沒有號啕痛哭，也沒有完全絕望；沒有問自己，整個事情是什麼時候、怎樣發生的；沒有奇怪自己以前、很早以前為何沒有猜到這一切，我甚至都沒有埋怨自己的父親……我已經知道的這一切我都無力承受，這個突如其來的意外發現給了我沉重一擊……一切都已結束了。所有的鮮花一下子都被摘得乾乾淨淨，散在我的周圍，被丟棄、被踐踏。

# 20

第二天，母親就宣布要搬回城裡去住。早上，父親走進她的臥室，他和母親在屋裡單獨待了很久。誰也聽不清父親跟母親說了些什麼，只是母親沒再繼續掉眼淚。她平靜下來後，吩咐送點吃的進屋，但她還是沒有露面，也沒有改變要搬走的決定。只記得，我亂逛了一整天，但沒有進花園裡去，一次也沒有望一眼那個廂房。晚上，我看到了驚人的一幕：我的父親拉著馬勒夫斯基的手，經過大廳拉他到前廳裡，當著僕人的面，冷冷地對他說：「前些天有一戶人家指著大門向您下了逐客令，而現在我也不準備跟您解釋，但我正式通知您，假如您再敢造次，我就把您扔出窗外。我討厭您這套把戲。」伯爵低下了頭，咬緊牙關，一縮脖子消失得無影無蹤。

我們開始收拾衣物細軟準備搬回城裡去住，搬到阿爾巴特大街，我家有棟房子在那裡。父親大約自己也沒有什麼意願在別墅裡繼續住下去，但看得出來，他已經說服母親不再舊事重提。一切都在悄悄地、不慌不忙地進行中，母親甚至還差人去跟公爵夫人辭別，並對離開前因為身體欠佳而無法見面表達歉意。我瘋了似地到處遊玩，只想著一件事情，就是讓這一切盡快了斷。有一個想法始終縈繞在我的腦海裡：一個年輕姑娘，再怎麼說也是一位公爵小姐，她明明知道我的父親是個已婚的人，而她自己可以嫁給別人，譬如嫁給別羅夫卓洛夫，她怎麼能做出這樣的事情？她期望以此得到什麼呢？為何要不惜毀掉自己一生的前程呢？是的，我想，只會有一個原因——這就是愛情，這就是——情欲，這就是——忠貞不渝……我記起盧申說過的話：犧牲自己是甜蜜的——對某些人來說。不知怎麼，我看到了廂房其中一扇窗戶後有一個蒼白的影子……「難道那是吉娜伊達的臉嗎？」我想了想……是啊，就是她。我真受不了，我不能這樣不跟她最後告別就與她分開。一找到一個合適的機會，我就去了她家的廂房。

公爵夫人在客廳裡還是以她那種慣有的、懶洋洋不太認真的態度跟我打招呼。

「怎麼啦，少爺，什麼風把您這麼早就驚動起來了？」她一邊說著，一邊把鼻煙壺塞進兩個鼻孔裡。

我看了她一眼，心裡總算擺脫了擔憂。菲力浦提到的「本票」一詞曾令我苦惱。而老公爵夫人一點也沒起疑心……至少那個時候給我的感覺是這樣。吉娜伊達從隔壁房間走出來，身穿黑色長裙，臉色蒼白，頭髮蓬鬆。她拉起我的手，走到一邊。

「我聽到是您的聲音，」她說：「馬上就出來了。您這麼輕鬆就想拋棄我們，壞孩子？」

「我是來跟您辭行的，公爵小姐。」我答道，「可能是，再也見不到了。您很可能已經聽說——我們要搬走。」

吉娜伊達仔細看了我一眼。

「是的，我聽說了。謝謝您來。我還以為再也見不到您了。別把我想成壞人，我有時是惹您傷過心，但無論如何我不是您想像的那種人。」

她轉過身去，靠著窗臺。

「真的，我不是這樣的人。我知道，您對我有成見。」

「我？」

「是的，是您……就是您。」

「我？」我痛苦不已，我的心跟以前一樣在顫抖，禁不住她那無可抵禦、難以形容的魔力誘惑。「我？請相信，吉娜伊達．亞歷山德羅芙娜，不管您做了什麼，不管您如何對我不好，我將一直愛您、崇拜您，直到我生命的最後一天。」

她飛快地朝我轉過身，敞開雙臂，抱著我的頭，用力地、熱烈地吻了我。天知道，這個訣別的長吻是給誰的，但我貪婪地嘗到了它的甜蜜。我知道，這樣的吻再也不會有了。

「永別了，永別了。」我反反覆覆地說……

她掙開我，就離我而去。我根本無法表達出我離別時的那種心情。我寧願它不會再次發生，但是倘若我從未經歷過這種情感，我會覺得自己是多麼的不幸。

我們搬到了城裡。我既不能很快將過去一筆勾銷，又不能很快收拾心情用功。我的傷口慢慢癒合，但針對父親我從未有過一點不好的想法。相反：他在我眼裡的形象似乎更加高大了……就讓心理學竭盡所能去解釋這種矛盾吧。有一次我正在街上走，邂逅了盧申一家人，那真是說不出的高興。我喜歡他直率、坦誠的風格，再說，因他而喚起的那些回憶對於我非常珍貴。我朝他跑過去。

「啊哈，」他說，眉頭一擰，「原來是您，年輕人！讓我好好看看您。您雖然還是黃毛小孩，可是從眼睛看得出已經不是廢物了。看起來有個大人樣了，不是寵物狗了。這樣好。喏，您在忙什麼呢？還在用功嗎？」

我歎了一口氣。我不想撒謊，但說實話我又難以啟齒。

「好吧，這沒什麼，」他繼續說：「別害羞。最重要的事情是：規規矩矩生活，不能玩物喪志。那樣有何好處？隨波逐流——總是不好；就是站在石頭上，也要用自己的雙腳站穩。我有點咳嗽……那個別羅夫卓洛夫——您聽說了嗎？」

「怎麼啦？沒聽說。」

「他失蹤了，音訊全無，有人說他去了高加索。對您可是個教訓，年輕人！全都是因為不懂得該分手就分手，掙破羅網所致。看來，您似乎順利地跳出來了。當心再掉下去啊！再見。」

「不會再掉進去了，」我想，「不會再見到她了。」然而偏偏命中註定，我跟吉娜伊達緣分未盡，還會再見一面。

# 21

我父親每天都會出去騎馬，他有一匹淺灰鬃的棗紅色英國駿馬，細長脖子，四腿修長，耐勞，但不好惹。牠叫「電工」。除了父親，沒人能騎得了牠。有一天他來找我，帶著好久都沒有過的好心情，他準備騎馬並已穿好了馬刺靴。於是我請他也帶上我。

「那我們不如玩跳馬遊戲，」父親跟我說：「否則，你騎著你那匹小矮馬跟不上我的。」

「跟得上的，我也穿上馬刺靴。」

「好，那就來吧。」

我們一起騎馬出發了。我騎的那匹馬毛色烏黑、毛髮又粗又長、四蹄有力、躁動。的確，當「電工」快步小跑起來的時候，我的馬就得四蹄奮進了，但我終究沒有落後。我從未見過像父親一樣的騎手——他騎得那麼漂亮、瀟灑，就好像他騎的馬也感覺到了這一點一樣，以他為榮。我們騎馬穿過了所有的林蔭道，還騎到了處女地[38]，跨過了好幾

---

38 位於莫斯科河流經哈莫夫尼卡區的拐彎處，新處女修道院以北，直到薩多沃伊環線。

道矮牆（一開始我害怕跨不過去，但父親一向鄙視膽小的人，我也就壯膽跳過去了），兩次跨過莫斯科河，我已經想著該回家了，況且父親也注意到我的馬已經跑累了，正在這時，父親突然馬頭一轉，離開我，朝與克里木淺灘相反的方向而去，又開始沿著河岸跑起來，我緊隨而行。我們騎到一堆一層層疊得很高的老原木那裡，他快速地從「電工」身上跳下，叫我也下馬，把他的馬轡繩遞給我，讓我就在原地、在木材堆旁邊等他回來，他自己則拐進一條小巷子後就不見了人影。

我牽著兩匹馬沿著河邊上上下下來回走，一邊喝斥著「電工」，因為牠一路不斷搖晃腦袋，渾身顫抖，打響鼻、嘶吼。我一停下來，牠就不停地用蹄子刨地，尖叫著要去咬我那匹小矮馬的脖子，簡而言之，就像一匹被寵壞了的 pur sang[39]。父親還沒回來。河面上飄過來一股難聞的溼氣，不知道什麼時候下起了綿綿細雨，那些令我煩透了的、呆頭呆腦的灰色木頭上被點綴了許多細密的黑斑雨點。我實在是遛夠了馬。我很鬱悶，父親還不回來。一個好像楚霍涅茨人[40]的崗亭巡警，穿的一身制服也是灰色的，頭戴一頂罐子形狀的老式高筒大軍帽，手持一把帶斧長戟（我在想，在莫斯科河沿岸有什麼必要設置這樣的崗亭巡警！）朝我走了過來，一張乾癟得如老太婆般的臉湊過來說：

「您牽著馬在這裡做什麼，小少爺？要不要我幫您牽馬？」

我沒理他，他又跟我要菸捲抽。為擺脫他的糾纏（再說，不耐煩一直在折磨我），我朝父親離開時走的方向挪動了幾步，然後走到小巷子的盡頭，轉過一個角，停了下來。街上，離我四十步的距離，一幢小木頭房子的一扇敞開的窗戶前，我的父親背對著我站在那裡，他的胸口抵著窗臺；而小屋裡，一個半個身子被窗簾擋住的黑衣女子坐著跟我父親說話，她就是吉娜伊達。

我呆若木雞。必須承認，這是我無論如何都未曾料到的。我首先做的動作就是逃走。「父親只要一回頭，」我想：「我就完蛋了……」一種奇怪的感覺，一種超過了好奇，甚至超過了嫉妒和害怕的感覺卻讓我停在那裡沒動。我望著那邊，豎著耳朵聽。似乎，父親一直在堅持著什麼，但吉娜伊達不同意。我只在這個時刻才看清她的臉——神情黯然、嚴肅、美麗，還流露出一種無法形容的忠貞、憂傷、愛戀和某種絕望的痕跡——我再也找不到其他的詞了。她一直在重複同樣的話，眼睛也沒抬，始終在微笑——溫順地、固執地。她的這個微笑讓我認出了她還是我從前的那個吉娜伊達。父親兩手一攤，正了正頭上的禮帽——這一直是他表示不耐煩的動作……隨後我就聽到一

---

39 法語：純種馬。（原注）

40 舊俄對居住在彼得堡附近的芬蘭—愛沙尼亞族人的稱呼。

句：「Vous devez vous séparer de cette...」[41]吉娜伊達直起身並伸出了一隻手……突然，在我眼前發生了一件令人難以置信的事情：父親拍打完禮服前襟上的塵土，就猛地舉起了馬鞭，我聽見一記沉重的鞭子打在一直露到手肘的手臂上。我強忍著沒喊出聲，而吉娜伊達渾身顫抖了一下，默默地望了我父親一眼，將手臂慢慢移到嘴邊，吻了一下剛留下的那道鮮紅的鞭痕。父親用力將馬鞭擲到一邊，急急忙忙地跑過屋簷下的那幾級臺階，衝進屋裡……吉娜伊達轉過身，伸直手臂，頭一甩，也離開了窗口。

我嚇得大氣不敢出，懷著某種莫名其妙的恐懼轉身就跑，跑完整條小巷，差一點讓「電工」脫手，才跑回河岸邊。我完全無法明白。我知道的，我冷靜而克制的父親有時也會突然暴怒，但我還是無法理解我之所見……然而我立即明白了一件事，無論我再活多少年，也永遠都不可能忘記吉娜伊達的那個舉動、她的目光，還有微笑。她的形象，這個新的、突然活生生呈現在我面前的形象，已經永遠銘刻在我的記憶裡。我漠然望著河水，不覺眼淚已不停地流下來。有人打了她，我想……打了她……打了她……

「喂，你在幹嘛——把馬牽給我！」父親的聲音在我身後響起。

我無意識地把韁繩遞給他。他跨上了「電工」……那馬已經凍透，陡起前蹄，一下子就往前竄了一個半俄丈那麼遠……父親很快制服了牠。父親用馬刺扎了一下馬肚子兩側，又用拳頭捶了一下馬脖子……「唉，馬鞭沒了。」他嘟囔了一句。

我想到那根剛剛揮舞過的馬鞭，還有它重重的鞭打聲，不禁全身也隨著戰慄起來。

「你把馬鞭怎麼啦？」停了一會兒，我問父親。

父親沒回答我，一直打馬往前走。我追上他，我就是想看看他的臉色。

「等我讓你悶得發慌了吧？」他從牙縫裡迸出一句。

「有一點。你到底把鞭子掉到哪裡去了？」我又問他。

父親飛快瞥了我一眼。

「我的鞭子不是掉的，」他說：「我把它扔了。」

他沉吟片刻，低下了頭……就在此時，第一次，幾乎也是最後一次，我看見了，他那嚴厲的臉上也能表達許多柔情與憐憫。他又策馬疾跑，我再也追不上他。我比他晚了一刻鐘到家。

「這才是愛情，」晚上坐在寫字臺前，那裡已經放上練習本和教科書，我自言自語地說：「這就是激情！……怎麼能不氣惱，怎麼能承受無論什麼人的鞭打，哪怕是最親愛的人！但看來是可以的，只要你愛著他……而我呢……而我卻認為……」

---

41 法語：您必須跟……分手。（原注）

最近一個月讓我蒼老許多——我那蘊含了所有激情與痛苦的愛情在另一種我不太清楚也無法猜透、讓我害怕的東西面前顯得如此渺小、幼稚和淺薄，而那另一種東西就像一張陌生、美麗而嚴厲的面孔，半明半暗之中我竭力看清，卻徒勞無功……

就在那個夜晚我做了一個奇怪而可怕的夢，夢見自己好像走進了一間低矮陰暗的房間裡……父親站在那裡，手裡握著鞭子，跺著雙腳；吉娜伊達蜷縮在牆角，不是在手上，而是在額頭上有一道血印……他們兩人的後面，滿身鮮血的別羅夫卓洛夫站了起來，慘白的嘴巴張開，對著父親破口大罵。

兩個月後我考上了大學，又過了半年，我的父親在彼得堡去世了（腦溢血），我的母親和我剛剛才搬到那裡。臨死前幾天，父親收到了一封從莫斯科寄來的信，正是這封信讓他異常激動……他多次向母親懇求些什麼，據說，我的父親，他甚至還哭了！突發腦溢血的那個早上，他開始用法語給我寫一封信。「吾兒，」他告訴我：「要當心女人的愛，當心這種幸福，當心這帖毒藥……」他去世後，母親往莫斯科寄去了好大一筆款子。

# 22

四年過去了。我剛走出大學校門，對於該幹點什麼、該去敲哪一家的門，都沒法知道得很清楚，成天無事閒逛。在一個天氣很好的傍晚，我在戲院遇到了馬伊達諾夫。他結了婚並找到了一份當公差的工作，只是我發現他沒什麼變化。他還是那樣無來由地高興一陣子，又沒理由地垂頭喪氣。

「您知道嗎？」他跟我說：「正好，多利斯基太太也在這裡。」

「哪一位多利斯基太太？」

「難道您忘了？就是以前的查謝金娜公爵小姐，我們都愛過的，也包括您。記不記得，別墅裡，涅斯庫齊內公園附近。」

「她嫁給了多利斯基？」

「是的。」

「她在這裡，戲院裡？」

「不是，她在彼得堡，前幾天剛到這裡，打算出國。」

「她丈夫是個什麼樣的人？」我問他。

「超級聰明，也有錢。我們在莫斯科還一起共事過。您知道嗎——經過那次風波……您對這一切應該非常清楚（馬伊達諾夫笑得很誇張）……那時她要找一個相配的可不容易。有後遺症的……但她聰明，一切就都不成問題。去看看她吧，她會很高興的。她更漂亮了。」

馬伊達諾夫把吉娜伊達的地址給了我。她下榻在德蒙特飯店。往日的回憶又在我心頭蕩漾……我答應自己翌日去拜訪我昔日的「戀人」，可是又遇到了一些事情，過了一個星期又一個星期，當我最終去到德蒙特飯店打聽多利斯基太太的時候，我才得知，四天前她幾乎是突然地難產而死。

我的心裡好像被一樣東西猛地撞了一下。一種本來可以見她一面但又沒見而且永無可能再見的想法——這一痛苦的想法以無可辯駁的責難的全部力量戳進我的心。「她死了！」——我又重複了一遍，面無表情地望著看門人，默默走到街上，就離開了，但我不知自己可以去哪裡。往日的一切一下子閃爍、浮現在我面前。匆匆忙忙也好，激動不安也罷，難道這就是那個年輕、熱烈、閃亮的生命所要追求的結局和最終的解決！我這樣想，我給自己描述那珍貴的容顏、那雙眼睛、那頭鬈髮——在一個狹窄的匣子裡，在潮溼的地底下的黑暗裡——就在這裡，離暫時苟且活著的我不遠，並且，很有可能，離我的父親也不過幾步之遙……這些我都想到了，我集中我的想像力，與此同時：

從冷漠的嘴邊我聞知她的死訊，
我也冷漠地聽聽而已……[42]

這樣的詩句在我心底吟誦。噢，青春！青春！你什麼都不在乎，你好像擁有世間所有的珍寶，甚至憂愁也能讓你開心，甚至悲傷也對你恰到好處，你自信又潑辣，你說：「只有我一個才活著，看好吧！」而你的日子飛逝得無影無蹤，沒法計算，你的一切都在消失，像迎著太陽的蜂蠟，像雪……也許，你的魅力之全部祕密不在於做些什麼的可能性，而在於想到你能做完這一切的可能性，在於你把別人無論如何也不會使用的力量虛擲風中，在於我們之中的每一個人都不無認真地認為自己是虛度光陰的人、不無認真地以為自己有權利說：「假如我沒有虛度光陰，還有什麼事情辦不到！」

而我……當我用一聲歎息、一種悲涼的感覺，勉強送走我的初戀那曇花一現的幻影時，什麼才是我之期望、我之等待？什麼才是我可預見的輝煌未來呢？

---

42 摘自普希金《在祖國的藍天下》。

我所希望得到的一切又有什麼得以實現了呢？如今，當黃昏的陰影開始投射到我的生命之上，我還剩下什麼比那疾馳而去的早晨春雷的回憶更加新鮮、更加珍貴呢？

但我其實不須如此自責。在那個少不更事的輕浮時期，我對朝我呼喊的悲傷之聲並非充耳不聞；對從墓穴傳到我耳朵裡的莊嚴聲音也並非無動於衷。還記得，在我得知吉娜伊達死後又過了幾天，因為不可抵禦的內心衝動的驅使，我曾去看望與我們同一棟樓的一位貧困老婦的死。身上蓋的盡是破衣爛衫，躺在硬木板上，頭下面枕著一個布袋一樣的枕頭，她死得很難受、很痛苦。她一輩子都在為每天的生活所需而苦苦掙扎戰鬥，沒見過快樂，也沒嘗過幸福之蜜——如此看來，死亡、她的解脫、她的安息能不讓她高興嗎？而與此同時，當她的老朽之軀還能夠撐一會兒的時候；當她漸漸冰涼的手之下胸口還在痛苦地喘息的時候；當她的最後一點力氣還沒離開她的時候——老婦人不停地畫著十字，不停地低聲說：「上帝啊，請饒恕我的罪過吧。」——只有意識的最後一點火星完全熄滅的時候，眼裡對死亡的恐懼和畏懼才會消失。我還記得，在這裡，在這位窮苦老婦人的靈床前，我為吉娜伊達感到了恐懼，我不禁想要為吉娜伊達、為父親，還為了我自己而禱告。

# 木木

在莫斯科一條偏遠的街道，一棟帶屋頂閣樓、白色圓柱和略微有點傾斜陽臺的灰色小樓裡，曾住著一位有很多僕人伺候的貴族老太太。她是個孀婦，幾個兒子都在彼得堡當差，女兒也都出嫁了。她很少出門，慳吝、無聊、苦悶的老年生活最後的一些時日只好自己一個人打發。她的白天，沒有歡樂的、陰雨的白天，早都過完了，可是她的黃昏卻過得比夜晚還要漆黑、漫長。

在她所有的僕人中，最出色的就要數打掃院子的格拉西姆了，這男僕身高兩俄尺十二俄寸[1]，天生力大無比、又聾又啞。老太太把他從那間跟弟兄不在一起、一個人住的鄉下小木屋裡帶出來之後，幾乎把他當成最得力的畜役苦力了。他生就與眾不同的大力氣，一個人抵得上四個人的工作，而且他經手後一切都弄得順順當當。而當他，打比方說，去耕地的時候，大手掌往犁把手上一搭，感覺他一個人，不用拉犁的馬幫忙，就能犁開田野那肌肉緊繃的胸膛；或者，每逢聖彼得日那天，他玩命猛揮大鐮刀，彷彿不費吹灰之力就能連根拔掉一片小白樺樹林似的；或者，飛快地、不停地用三俄尺長的大枷

1 俄尺或音譯「阿爾申」，一俄尺約等於〇．七一公尺。俄寸或音譯「維爾肖克」，一俄寸約等於四．四五公分。男僕身高約一九五公分。

板打穀脫粒的時候，他肩上橢圓形的結實肌肉腱子像機械握把一樣一鼓一落，這些都令人賞心悅目。長期的沉默寡言也給他那永不倦怠的勞動賦予了一種莊嚴的儀式感。他是一個出色的男子漢，要不是他那點殘疾，哪個姑娘都願意嫁給他呢……但是格拉西姆被帶到了莫斯科，有人給他買了雙靴子、織了夏天的外套、縫了冬天的皮襖，又給他手裡塞了掃帚和鏟子，指定他當上了一名掃院子的僕人。

他的新生活一開始著實沒讓他喜歡。打小時候起，他習慣的是地裡的差事，還有鄉村日常勞作的那種生活。他因為自己的殘疾而離群索居，成人後又成了啞巴，但他力氣驚人，像荒野上的一棵樹……搬進城裡之後，他不明白自己要怎麼打發日子，無聊又納悶，好像一頭年輕壯實的公牛突然從青草有牛肚子那麼高的農地裡被牽走一樣莫名其妙，再被趕進火車車廂——膘肥體壯的牠經受了一波又一波的焗蒸、煙薰、火燎，火車拉著牠，伴著轟隆聲和刺耳金屬聲飛奔，但奔向何方——只有上帝知道！就格拉西姆的新崗位職責來看，他的工作內容對於做過鄉下重體力活的他來講簡直就是個笑話，半個鐘頭他就把事情都做完了，那時候他又只能在院子裡待著，咧著嘴，觀望所有路過的人，就好像想要從他們那裡得到一個解決他謎一般境況的答案。或者他就突然走到某個角落那裡，把掃帚和鏟子遠遠一扔，臉朝下趴到地上，這一躺就是好幾個鐘頭，一動不動，像一頭被人捉住的野獸。

然而人能適應一切，格拉西姆最終也適應了城市裡的生活。他要做的事情並不多，全部的任務就是保持院子的清潔衛生，每天趕著車去打兩桶水，給廚房和家裡取暖生火、搬運木頭和劈柴，白天不許陌生人進來，晚上巡夜打更。應該說，他非常盡心盡責：院子裡從沒有一片木屑亂扔，一點垃圾都見不到；要是遇到他趕著的運水馬車在某個地方陷進爛路的泥濘裡，他只要用肩膀一扛，不單是運水馬車，連馬都讓他給推著走了；他要是劈起柴來，斧頭在他手裡就跟砸玻璃似的劈里啪啦地響，木片橫飛、碎屑四濺；要說到陌生人呢，這樣說吧，自從有一天夜裡他抓住了兩名小偷，他將兩名小偷的額頭相互對磕了一下，磕得怎樣呢？反正都不用送兩名小偷去警察局了，左右鄰居街坊都開始非常尊敬他；甚至白天從這裡路過的人，他們根本就不是什麼壞人騙子，只是一些互不相識的普通人，一看見這位凶神惡煞般的看院子的人，都對他叫嚷著躲開，好像他能聽見似的。

格拉西姆跟其他的家僕處得並不像好朋友那樣親近（他們都怕他），但也不疏遠，他待他們就像自己人。他們用手勢跟他交流，他一樣能明白他們的意思。所有的指令他都完成得一點差錯都沒有，但自己的權利他也瞭若指掌，大家吃飯的時候沒有人敢坐到他的位子上。

總而言之，格拉西姆的脾氣是嚴厲的、一板一眼的，喜歡一切都井井有條；有他在，甚至連公雞都不敢打架，否則就會倒大楣！被他看見，還不抓住公雞的腳，半空中像轉輪子一樣轉牠個十幾圈，再往外一扔！太太在院子裡還養了一些家鵝。但是鵝，誰都知道，是一種很傲慢、明白些道理的家禽。格拉西姆也懂得尊敬大鵝，他照料這些鵝，餵牠們。他自己都有點像一隻老成持重的大鵝。廚房上面的閣樓分給了他住，都是他自己布置，按照自己的喜好擺設：屋裡他用橡木板打了一張床，四個床腳全是圓木鋸成的，絕對是大力神武士下榻的床；床上放一百普特[2]的東西都壓不塌；床下面有一口結實的箱子；屋角立著一張一樣結實的桌子，桌子旁是一把三隻腳的凳子，非常牢固、敦實，所以格拉西姆常常要舉起這張凳子，故意鬆手讓它掉下來，冷冷地一笑。閣樓的門用一把鎖鎖著，鎖的形狀有點像鎖形麵包，不過顏色不是白的而是黑的。開鎖的鑰匙，格拉西姆總掛在腰間，他不喜歡有人到他閣樓裡來。

這樣過了一年，年尾的時候，格拉西姆發生了一點小小的意外。

老太太，就是他當掃院子雜工的東家，所有的事情都按照老規矩辦，養著一大幫家僕：洗衣工、女縫紉工、細木工、男裁縫、女裁縫……居然還有一個馬具匠，他本來算是個獸醫，但也給人看病；還有專為太太看病的家庭醫生；最後，還有一位名叫卡皮童．克里莫夫的做靴子的皮匠、苦命的酒鬼。克里莫夫覺得自己受了委屈，懷才不遇，他一個受過教育的人，從首都來，就不該在莫斯科這兒住下，沒像樣的事情做，又是窮鄉僻壤。要說到喝酒，他總是捶胸頓足，說得抑揚頓挫，就想借酒澆愁。太太有一次就跟自己的總管加夫里拉談起他，從這位加夫里拉的黃褐色眼珠子和鴨鼻頭看，他這一輩子註定是個管人的角色。太太有點惋惜卡皮童的自甘墮落，他前一天剛好又被人看到醉臥在街頭的某個地方。

「你知道嗎，加夫里拉，」她突然說道：「咱們要不要給他說個親，你怎麼看？那樣他才可能穩重起來。」

「誰說不給他說親呢，太太！可以的，太太，」加夫里拉表示同意，「這簡直太好了，太太。」

「是的。只是，把誰說給他合適呢？」

「當然啦，太太。不過，看您的意思吧，太太。這麼說吧，他還是能派上一些用處，十個人當中他算能的一個。」

「好像他喜歡塔季雅娜？」

加夫里拉本來想說點什麼，卻又閉上了嘴。

---

2 俄羅斯重量單位，一普特約等於十六・三八公斤。

「對呀！……就讓他娶塔季雅娜吧，」太太拿定主意，很享受地聞了聞鼻煙，「你聽見了嗎？」

「聽見了，太太。」加夫里拉應道，就退出來。回到自己的屋裡（他的房間在側房裡，滿屋子堆滿大鐵皮箱），加夫里拉先把自己的老婆支走，隨後坐到窗前，盤算起來。太太突如其來的命令顯然讓他有點措手不及。終於他站起身，吩咐人去喊卡皮童來。卡皮童來了……但在向讀者轉達他倆的談話內容之前，我們覺得有必要再多交代幾句，卡皮童必須迎娶的這個塔季雅娜是誰，還有，太太的命令為何讓總管左右為難。

塔季雅娜，就像我們前文說過的，是洗衣女工中的一位（不過，因為她人勤快並且手藝好，她只須負責洗滌輕薄的內衣），年紀約莫二十八歲，小小身材，很瘦，淺色頭髮，左臉上長有幾顆痣。俄羅斯人認為左臉上有痣是凶兆，不吉利……塔季雅娜沒法誇耀自己的遭遇。她從小就被虐待：一個人要做兩個人的工作，卻從沒受到任何疼愛，穿得破破爛爛，薪水也少得可憐。她的親戚幾乎可以說沒什麼人了，有個什麼老管家，因為不中用而被解雇了，住在鄉下，勉強算是個遠房的叔叔，而她其他那些個叔叔什麼的，一律都是幹粗活的農民——就這些了。

曾有段時間她被公認是個美人，但這個美很快從她那裡溜掉。她的脾氣非常溫和，或者說，怯懦。她對自己漠不關心，怕別人怕得要命，一心只想著如何把工作按時完成，從來不跟誰講話，只要一聽到太太的名字就嚇得直抖，儘管太太根本就認不出哪個是她。格拉西姆從村子裡被帶出來的時候，她看到他的樣子都被嚇呆了，千方百計躲著他。假如她湊巧急急忙忙要從屋裡跑到洗衣房而經過他身邊，甚至會瞇起眼睛。其實一開始格拉西姆沒怎麼注意她，但之後當他們碰到的時候他有了笑容，再之後就開始打量她，最後連眼睛都不願意從她那裡挪開。他是不是喜歡上她了？喜歡她臉上溫順的神情，抑或羞怯的步態……只有上帝知道他喜歡她什麼！

有一回她好不容易穿過院子，努力張開手指小心翼翼拎著為女主人漿好的短衫……突然有個人用力抓住她的手肘。她轉過身來，不覺大叫一聲——格拉西姆站在她的身後，一邊傻傻地笑、哼哼哈哈地討著好，一邊遞給她一隻蜜糖餅做的小公雞，雞翅膀和尾巴上都包著金箔。她不想接受，但他把蜜糖餅硬塞到她手裡，搖搖頭，走到一邊去了，並又回過頭，再一次對她發出一些非常友善的聲音。從那一天起他再沒讓她清靜：不管她走到哪裡，他都會跟到哪裡，迎著她走過去，微笑，嘴裡哼哼哈哈不知道說什麼，揮手示意，突然從懷裡拽出一根絲帶強塞給她，用掃帚將她面前的灰塵掃得乾乾淨淨。可憐的姑娘根本不知道該如何是好。

很快，整個宅子上上下下都知道打掃院子的啞巴這套把戲了，嘲笑、打趣、譏諷的話都對著塔季雅娜紛至遝來。可是，並非所有人都敢挖苦格拉西姆，他不喜歡開玩笑，當著他的面，玩笑也開不起來。不管姑娘高不高興，反正她已被置於他的保護傘之下。跟所有聾啞人一樣，他很有慧根，有人取笑他或塔季雅娜的時候，他馬上就明白。有一次吃午飯的時候，塔季雅娜的女主管，也就是主人的服飾管家，開始沒事找事刁難她，讓她簡直下不了臺，以至於這個可憐的塔季雅娜都不知道眼睛該往哪裡看才好，幾乎被氣得哭起來。格拉西姆突然站起身，伸出他那隻碩大的手掌，放在服飾管家的頭上，用一種陰沉凶狠的目光望著她的臉，嚇得她低頭垂向桌子，所有的人都不敢出聲，格拉西姆才又拿起湯勺接著喝他的菜湯。「看看，簡直就是聾鬼，樹妖！」眾人低聲議論，而服飾管家站起身直接就回僕人房去了。

另外還有一次，格拉西姆看見卡皮童，就是我們剛剛提過的那位卡皮童，跟塔季雅娜說話說得好像太過親密，就向卡皮童打手勢讓其過來，直接領到馬車棚子裡，抓起立在角落的車轅一端，就那麼意思了一下，然而卻很鄭重地嚇唬了他一下。從那以後就再沒有人敢找塔季雅娜談天了，並且所有這一切對格拉西姆都沒造成什麼麻煩。當然，女服飾管家剛一跑回僕人房就幾乎嚇暈過去，然而還是非常巧妙地在當天就把格拉西姆的惡行傳到了太太的耳朵裡。可是行為古怪的老太太只是笑笑而已，弄得女服飾管家極其難堪，而且還要求她反覆說明，例如，格拉西姆是怎樣用自己的重手把她的頭按下去的等等，而改天還賞了格拉西姆一塊銀盧布。她將他看成一位忠誠而有能力的看守者。格拉西姆一向都有點怕太太，但仍然希望得到她的恩惠，並打算去請求太太，是否能允許他娶塔季雅娜為妻。他一直在等總管家答應給他的那件新外套，以便能體面一些去見太太，然而就在此時，太太想的卻是把塔季雅娜許配給卡皮童。

讀者現在很容易就能明白總管家加夫里拉在跟太太談話之後為何愁容滿面了吧。「女主人，」他坐在窗前一直在想，「自然也同情格拉西姆（加夫里拉很清楚這一點，所以他也很遷就格拉西姆），然而他終究是一個不會講話的怪物。我可不敢稟告太太說格拉西姆正在追求塔季雅娜。歸根結柢這也公平，他又算個什麼好丈夫呢？而從另外一方面說，上帝原諒，這個樹妖也不配知道塔季雅娜就要許配給卡皮童，真那樣他還不把屋裡的東西都給毀了，天啦。要知道跟他是秀才遇到兵——有理說不清的。可是他，這樣一個魔鬼，我這個罪人，真是造孽，絕對說服不了他……千真萬確！……」

卡皮童的到來打斷了加夫里拉的思路。舉止輕浮的鞋匠走進屋，打著背剪手，靠著門邊那堵牆凸出的部分兩腿交叉，右腿架在左腿前面，晃著頭。「我來了。您找我有事嗎？」

加夫里拉看了一眼卡皮童，用手指頭敲了一下窗子的邊框。卡皮童只是微微瞇起他那一雙渾濁的眼睛，但並沒有順從的表示，甚至還微微撇嘴一笑，用手捋了捋自己一頭蓬亂花白的頭髮。彷彿在說，是的，是我，我來了。你看什麼看？

「很好，」加夫里拉剛開口說，又頓了一下，「很好，沒什麼好說了！」

卡皮童只是聳了聳肩膀。「你大概比我更好吧？」他顧自暗想。

「好吧，你看看自己，真是的，看看，」加夫里拉不無責備地繼續說：「瞧，你還像個人樣嗎？」

卡皮童掃了一眼自己磨破了的、破衣爛衫似的便服，還有打滿補丁的褲子，又特別認真地左右看了自己那雙滿是破洞的靴子，特別是那右腿優雅地靠著的左靴尖，又把眼光停在總管家的臉上。

「先生，到底什麼事？」

「什麼事，先生？」加夫里拉重複地說：「什麼事，先生？你再說一遍：什麼事，先生？瞧你那個鬼樣，上帝原諒我這個罪人，你真是像個鬼樣。」

卡皮童不停地眨著眼睛。

「你罵吧，罵吧，加夫里拉·安德列伊奇。」他又暗自想。

「不用說，你又喝醉了，」加夫里拉說道：「又喝了？是嗎？喂，快回答我。」

「身體弱真的需要喝酒。」卡皮童辯稱。

「身體弱！……你這是活該！虧你還在彼得堡上過學……你可學得不少啊！可惜麵包都讓你糟蹋了。」

「那要這麼說，加夫里拉．安德列伊奇，評判我的只有一個人：那就是上帝——再無他人。上帝知道，在這個世上我是個什麼樣的人，到底我是不是在糟蹋糧食。至於說到喝醉嘛，這也不是我的錯，比我還錯的另有其人，他誘我上了癮，自己卻閃到一邊，跑得無影無蹤，我又能……」

「你就像，街上的那一隻鵝。唉，你這個放蕩不羈的傢伙！好吧，重點不在這裡，」總管家繼續往下說：「而在於太太……」他剛說到這裡又停下來，「太太有意幫你把婚事辦了。你聽見了吧？一般都認為，結了婚你就能穩重些。你明白了嗎？」

「大人，我怎麼能不明白？」

「明白就好。依我看，最好娶個好人家。好吧，這可是人家的事。怎麼樣？你同意了？」

卡皮童咧著嘴笑。

「對誰，結婚都是個喜事，加夫里拉．安德列伊奇。而對於我來說，我自然也是非常開心、樂見其成。」

「嗯，那就好。」加夫里拉說，暗自又想：「沒話說，這傢伙還真能說會道。」「只是，還有一件事，」他又大聲說道：「新娘子嘛，給你挑的稍有點小問題。」

「哪一個，我能打聽一下嗎？」

「塔季雅娜。」

「塔季雅娜？」

卡皮童一下睜大眼睛，身體也從牆上移開。

「喂，你驚慌什麼？……難道你不中意她？」

「哪還能不中意？加夫里拉‧安德列伊奇！這姑娘她沒得挑，肯做事、性情也溫順……可是您自己也知道，加夫里拉‧安德列伊奇，就是那個樹妖、那個草原怪物，他可是在追她……」

「兄弟，我知道，我全知道，」總管家懊惱地打斷他，「但你知道……」

「得了吧，加夫里拉‧安德列伊奇！他肯定會殺了我的，上帝保佑，他會殺人，就像輕輕拍死一隻蒼蠅一樣。要知道他那大手——您自己知道他那是一隻怎樣的大手。那簡直像米寧和波札爾斯基紀念碑上的那隻大手[3]一樣。他自己是個聾子，打人自己卻聽不見，打得那個狠勁！就像做夢時揮舞大拳頭一般。想制止他絕無可能，為什麼？因為，您也知道，加夫里拉‧安德列伊奇，他又聾，又蠢得跟頭驢似的。要知道他簡直是個禽獸，蠢貨一枚，加夫里拉‧安德列伊奇，他比蠢貨還蠢……是塊木頭。我造了什麼孽現在要去受他的罪？當然，反正一切我都無所謂、受夠了、忍夠了的一個人，像一個結實的、磨得油光光的罐子，但無論如何我可是一個人，而非一個一錢不值的破罐子。」

「我知道，我知道，別再囉嗦下去了……」

「我的上帝啊！」這個鞋匠還熱情高漲地往下說：「什麼時候才能解脫啊？什麼時候，上帝！我這個苦命人，苦日子沒有盡頭啊！命啊，我這是個什麼命啊，你能想像到！小時候我挨德國主人的打，一生中最好的時候又挨自己兄弟的打，最後壯年時期你瞧瞧我落到了什麼地步……」

「哎，你可真是個沒用的東西，」加夫里拉說：「你真嘮叨個沒完沒了啦！」

「怎麼是嘮叨了，加夫里拉・安德列伊奇！我不怕打架，加夫里拉・安德列伊奇。他若是個紳士，關起門收拾我，當著外人的面可給我打個招呼，再怎麼說我也算是個人啊，而現在我遇上的是個什麼人呢……」

「好了，滾回去吧。」加夫里拉不耐煩地打斷他。卡皮童掉轉頭，步履沉重走出去了。

「打比方說，要是沒他，」總管家對著他身後喊道：「你自己是同意的吧？」

「悉聽尊便。」卡皮童說完就遠遠走開了。都這時候了，他還在賣弄口才。

---

3 一六一二年米寧和波札爾斯基率領軍隊打敗了入侵的波蘭軍隊，解放了莫斯科。為紀念兩人，一八一二年由伊凡・馬爾特斯設計並建成米寧和波札爾斯基紀念碑，立於莫斯科紅場。紀念碑上波札爾斯基坐著仰望天空，米寧站著用巨大的右手指向遠方。此文中所說的「大手」即指此意。

總管家來來回回在屋裡走了好幾遍。

「嗯，現在該去叫塔季雅娜了。」最後他說。

過了一會兒，塔季雅娜悄無聲息地走過來，站在屋門口。

「您有何吩咐，加夫里拉．安德列伊奇？」她小聲問道。

總管家仔細盯著她。

「是這樣，」總管家說：「塔妞莎[4]，你想不想嫁人？太太幫你找了個未婚夫。」

「好，加夫里拉．安德列伊奇。給我找的未婚夫是哪一位呢？」她猶猶豫豫又問了一句。

「鞋匠卡皮童。」

「好的，大人。」

「他是一個浪蕩鬼，這是肯定的。可是太太這時候希望你能治他。」

「好的，大人。」

「只有一個麻煩……要知道那個聾子，格拉西卡[5]，他可是在追求你。你是拿什麼妖術降服這頭熊的？你可要知道，這頭熊，早晚會打死你的……」

「會打死我的，加夫里拉．安德列伊奇，毫無疑問會打死我的。」

「他會打死你……我們等著瞧吧。聽聽你怎麼說的：『他會打死我的！』難道他有權打死你嗎？你自己評判一下。」

「我可不知道，加夫里拉・安德列伊奇，他有權，還是沒權……」

「傻姑娘！你莫非答應過他什麼嗎……」

「您說的什麼意思呀，大人？」

總管家不說話了，想了想：「你真是個惟命是從的姑娘！」

「好吧，這樣，」他繼續說：「我們之後再談，現在你去忙吧，塔妞莎，我知道你真是個聽話的姑娘。」

塔季雅娜轉過身，輕輕靠了一下門框，走出門外。

「有可能，我這位女主人到明天就忘了這門親，」總管家想：「我何苦這樣憂心忡忡？這個搗蛋鬼敢不聽話，我們就把他綁起來。再不行，我們就移送警察局……」

「烏斯基尼亞・費多洛芙娜！」他高聲叫自己的妻子，「請把大茶炊擺上吧，我尊敬的夫人……」

幾乎那一整天，塔季雅娜都沒走出洗衣房半步，起先她哭個不停，之後抹乾眼淚又

4「塔季雅娜」的愛稱、暱稱。

5「格拉西姆」的小稱、蔑稱。

跟先前一樣做事去了。卡皮童跟某個一臉陰沉的舊相識在小酒館作坊裡一直坐到深更半夜，並詳細地跟他講述，他如何跟一位東家生活在彼得堡，而那位東家老爺比所有人都能幹，通情達理，循規蹈矩，然而只有一個小小毛病：嗜酒如命。至於說到女色，他簡直是情場殺手……一臉陰沉的酒友只有點頭稱是的分。然而等到卡皮童最後聲稱，他因為某件事情的原因，明天必須自行決斷時，臉色陰沉的酒友知道，該各自回家睡覺啦。他們才一聲不響地草草散了。

值得一提的是，總管家的指望沒能實現。太太一心惦記卡皮童的婚事，所以她晚上跟一位養在家裡專門陪伴她就寢的女伴友[6]光說這一件事情。這位女伴友跟夜班馬車夫一樣，白天休息。加夫里拉等太太喝完茶走進去稟報的時候，太太的第一個問題就是：「我們說過的婚事進展得怎樣了？」總管家當然只好回答說一切進展得不能再順利了，還說卡皮童今天就會來跟老太太下跪謝恩。太太有點不太舒服，她說話說不了太久。總管家回到自己的屋裡後，馬上召集了一個會。這件事情還真的需要特別商議。塔季雅娜自不會反對，可是卡皮童大聲地一再聲明，他只有一個腦袋，沒有兩個、三個……格拉西姆冷酷而飛快地掃了眾人一眼，不離女僕房間半步，顯然，他猜也猜得出，這裡盤算的事情對他恐怕不是什麼好事。

開會的人（其中有一位老侍應生，人家都叫他大尾巴叔叔，大家都尊重他，喜歡找他諮詢拿主意，儘管從他那裡聽到的只是：就是這樣，對，是的，對啊，對）開始這樣商量：以防萬一，為了安全起見，還是應該把卡皮童鎖到有濾水器的淨水房裡去，然後再開始正經八百地討論。當然，訴諸武力解決倒是容易，上帝保佑！別搞得沸沸揚揚，太太擔心起來——可就倒楣了！怎麼辦？他們想啊想，終於想出一個好辦法。他們不止一次發現，格拉西姆最討厭酒鬼……時常出現這種情況：他每次坐在門口看到酒氣熏天的人搖搖晃晃、帽舌扣在耳朵上從他面前經過的時候，總是忿忿不平地扭過頭去。大家決定教會塔季雅娜喝酒，讓她假裝喝醉了，再東倒西歪、搖搖晃晃地從格拉西姆面前走過去。

可憐的姑娘好長時間都不肯同意照做，但最後還是被說服了。再說，她自己也看得很清楚，她只有靠這個辦法才能擺脫他的追求，別無他法。她去準備了。卡皮童也從淨水房裡被放了出來，事情總歸還是跟他有關。格拉西姆坐在門口的石墩上，鏟子在地上鏟過來鏟過去……各個角落、所有窗戶的窗簾後面，所有的眼睛都盯著他看……

沒有比這個詭計更成功的了。看到塔季雅娜，他開始跟往常一樣，殷勤地晃著腦

---

6 舊俄時期貴族家庭東家出錢養著的女食客，一般來自鄉下，並無具體的工作職責，只負責陪侍和取悅女主人。

袋。之後定睛一看，鏟子扔得遠遠的，跳了起來，走到她的面前，把自己的臉貼近她的臉前面。她因為害怕而搖晃得更厲害了，閉上眼睛……他抓起她的手，跑過整個院子，跟她一起走進大家開會討論的房間，直接就把她推給了卡皮童。塔季雅娜快昏過去了……格拉西姆站了一會兒，又看了她一眼，搖了搖手，微微一笑就走出門，拖著沉重的步子，進了自己的閣樓……他一天一夜都沒出房門。

馬夫安吉帕卡後來說，他透過門縫看到，格拉西姆坐在床上，手捂著臉，輕輕地、有節奏地、時不時地發出模糊不清的哼哼聲，唱著，身體隨之晃動，眼睛緊閉，腦袋搖晃，跟那些拉長調唱著悲歌的馬車夫和河上的縴夫一樣。安吉帕卡越看越害怕，就起身離開了。而到了第二天，格拉西姆走出閣樓的時候，他的臉上已經看不出有什麼特別的變化。他只是看起來有點悶悶不樂，而對塔季雅娜和卡皮童一點也不再關注了。當天晚上，他們倆腋下各自夾著一隻鵝去叩謝太太，而再過了一週他倆就結婚了。他們成婚當天，格拉西姆沒有任何異常的舉止，只是從河邊回來的時候沒有汲水回來，他似乎在路上把水桶摔破了。而晚上他在馬廄裡動作很大地給馬匹清洗和刷毛，忙了一整夜，以至於那匹馬跟風中的一粒塵埃般飄飄忽忽，他的鐵掌來回倒騰讓那匹馬四蹄都快站不穩了。

這一切都發生在春天。又一年過去了，這期間卡皮童完全喝掛，徹底成了一個毫不中用的人，背著罵名被遣送到偏遠的鄉下去了，帶著自己的老婆。動身的那天，起初他裝得什麼也不怕的樣子，宣稱，不管外放他到哪裡去，就算是鄉下老太婆洗衣服把搓衣板擱到天上的地方[7]，他也不會垂頭喪氣。但後來還是心灰意冷，開始抱怨他們把他放到毫無教化、沒有開智的人群中去，最後垂頭喪氣的他連自己的帽子都戴不上腦袋。有個好心人幫他把帽子在頭上戴正，帽簷挪到前面，在帽簷上輕輕敲了一下。等一切準備妥當，車夫手握轠繩，只等說「上帝保佑一路平安」了，格拉西姆從自己的閣樓走出來，到了塔季雅娜面前，送給她一塊紅頭巾留作紀念，這塊紅頭巾是他一年前特地為她買的。塔季雅娜，一直到這個時候之前，對於自己一生所遭受的無常都能淡然冷靜承受，然而這一刻，她再也無法忍受，眼淚止不住奪眶而出，坐上馬車，按照基督徒禮儀，跟格拉西姆貼臉吻別三次。他本來想送她到城門，就跟著她的車並行走了一會兒，不過走到克里木淺灘[8]時突然停下來，揮揮手，沿著河邊自顧自離開了。

這時臨近黃昏，他慢慢走著，望著河水。突然他感覺有個什麼東西在岸邊的水藻青苔中苦苦掙扎。他彎下腰，看見一隻帶黑斑點、不大的小狗，任憑牠百般努力也無法從

---

7 意即很遙遠的地方、天涯海角，因為沒有這樣的地方。

8 莫斯科地名，距離克里姆林宮不遠，大家那個時候通常在這個地方跟友人道別，過河到莫斯科河的對岸去。此文中，格拉西姆在此停下來告別，應是此意。

水裡脫身，四爪亂蹬，滑得站不穩，溼漉漉的瘦小身體整個都在發抖。格拉西姆看了看倒楣的小狗，一隻手抓住牠，將牠攬在懷裡，踏著大步回家了。他回到自己的小閣樓，把得救的小狗放在床上，用他那件粗呢外套蓋好，先跑到馬廄裡弄了些乾草，又跑回廚房倒了一大碗牛奶。他小心翼翼扒開呢外套，又鋪好乾草，把一大碗牛奶放到床上。可憐的小狗生下來還不到三週，牠的眼睛也才剛睜開不久，有一隻眼睛甚至比另一隻稍大一些。牠還不會從大碗裡喝奶，只是打著寒顫和眨著眼睛。格拉西姆用兩根手指頭輕輕托起牠的小腦袋，將牠的小嘴湊到牛奶前面。小狗突然拚命喝起了牛奶，一邊小鼻子呼哧呼哧，渾身打著寒顫，一邊喝得要嗆到自己。格拉西姆看著看著，突然不知為何，笑了起來……他圍著小狗忙了整晚，哄著牠躺下睡覺，替牠擦乾，最後他自己就在牠旁邊愉悅而寧靜地睡著了。

還沒有一位母親照顧自己的孩子會像格拉西姆照顧自己的「養女」（小狗是條小母狗）那麼細心。剛開始牠非常虛弱，瘦小，又醜，但體力慢慢恢復後，越長越好，又過了八個月，得力於自己恩人無微不至的呵護，竟然變成一隻西班牙種的可愛小狗了，長長的耳朵、毛茸茸的喇叭形尾巴、一雙富有表情的大眼睛。小狗非常黏格拉西姆，一步都不離開他，始終搖著尾巴，亦步亦趨跟在他後面。他還給牠取了一個名字——聾啞人知道，他們發出的模糊不清的聲音總能引起旁人注意——他叫牠木木。整個宅子裡的人都喜歡牠，也跟著喚牠小木木。

木木非常聰明，跟所有的人都親近，但牠只愛格拉西姆一個。格拉西姆對牠喜歡得不得了……如果別人撫摸牠，他就會不太高興，是替牠擔驚受怕，還是出於妒忌——上帝才知道！牠每天早上都扯著他的衣服前襟叫醒他；幫他叼著韁繩把運水車的老馬牽過來，而且牠跟這匹老馬相處得很好；跟他一起一臉鄭重其事的表情去到河邊汲水；守著他的掃帚和鏟子，不讓任何人走近他的閣樓。

他特意為牠在自己的門上挖了一個孔，牠好像也感覺到了，只有在格拉西姆的閣樓裡牠才是真正的女當家，所以，每次回到閣樓，都以一種很滿意的神氣跳到床上。晚上牠根本不睡覺，但也不會無緣無故亂吠一通，像那種看院子的笨狗：身體支在後爪上，端著狗臉，瞇著眼，沒事幹無聊也吠幾聲，對著星星也吠幾聲，通常一吠就連吠三聲——不！木木的尖聲吠叫從不浪費，要嘛是發現陌生人靠近籬笆，要嘛是在哪個地方聽到可疑的聲響或沙沙聲……總而言之，牠看家護院簡直棒極了。當然，除牠之外，院子裡還有一條帶褐色斑點的黃毛老公狗，名叫小狼，但這條狗即使在半夜裡也不會有人給牠解開狗鏈，而牠自己因為老了，完全也用不著自由。自個兒躺著，在狗窩裡渾身縮成一團，偶爾才會發出一聲嘶啞、幾乎無聲旋即又打住的吠叫，就好像牠自己也明白這樣的叫聲毫無用處一樣。宅主人（老太太）的主屋，木木從不進去，每當格拉西姆運柴禾到主屋的時候，牠就在旁邊停下來，不慌不忙地在臺階上等到他出來，一旦門背後有一丁點動靜，就豎起耳朵，腦袋一會兒朝右，一會兒突然向左來回望……

這樣又過了一年。格拉西姆仍舊在打掃院子，對自己的生活非常滿意，然而突然發生一個意想不到的情況……事情是這樣的：

夏天，天氣晴朗的一天，太太跟自己的女伴友在客廳裡踱來踱去。太太興致不錯，有說有笑，還開著玩笑；女伴友也都跟著顯得開心和講笑話，可是她們並未感到特別高興：整個宅子裡的人並不是特別喜歡太太高興的時候，這是因為，首先，太太要求所有人跟她的高興保持高度的一致，假如誰的臉上沒有露出喜悅之色她就會發脾氣；其次，她的好興致一般都不會持續很久，通常容易轉換成一種憂鬱、酸溜溜和不愉快的情緒。這一天太太一起床就感覺很幸福。打牌的時候她又抓到四個「J」：那意味著「願望實現」（她總是在早上算卦占卜），並且喝的茶也特別香，侍茶的女僕為此不僅受到口頭表揚，還被獎勵了一塊十戈比硬幣呢。太太乾癟的嘴唇上帶著甜甜的微笑，在客廳踱步時就走到了窗戶前面。窗前有一個建好的庭院小花園，在正中央的花壇那裡，一簇月季花下面，木木正躺在那裡津津有味地啃著一塊骨頭。太太看到了牠。

「我的上帝！」她突然喊了一聲，「這是什麼狗啊？」

那個被太太問到的女伴友急得走來走去，可憐兮兮，焦慮不安。通常被人使喚的人不是很明白主人旨意的時候，就會出現這樣的情況。

「不、不、不知道，太太，」她嘟囔著，「好像是啞巴的狗。」

「我的上帝！」太太打斷她說：「牠可真是一條可愛的小狗啊！趕快叫人把牠帶來。他養這狗好久了嗎？怎麼我一直都沒見過這小狗呢？……快叫人把牠帶過來。」

女伴友立即飛也似地跑進前廳。「來人，來人！」她大聲喊道：「快些把木木領過來！木木在庭院小花園裡。」

「喔，牠叫木木，」太太說：「這個名字非常好。」

「是啊，非常好，太太！」女伴友附和著說。「斯捷潘，快點！」

斯捷潘，一個健碩的小夥子，是個男僕。他卯足力氣直奔小花園，想捉住木木，但木木靈巧地從他手指間滑脫，尾巴豎起，小爪子都縮成一團，躲到格拉西姆那裡去了。他當時正在廚房裡對著一個大木桶又敲又打，擰過來又擰過去，跟小孩子打鼓一樣。斯捷潘跟在小狗後面追，從木木主人的兩腿那裡想逮住牠，但靈活機敏的小狗不想落入陌生人之手，跳起來閃開了。格拉西姆笑著觀看這整場鬧劇，最後斯捷潘沮喪地站起身，連忙用手勢跟他解釋清楚，他說，是太太要求把你的小狗領過去。格拉西姆有些驚訝，但還是把木木喚到跟前，抱起牠，交給了斯捷潘。斯捷潘把木木抱到客廳，放到實木地板上。太太就用親暱的聲音喚小狗到她跟前來。木木從未到過如此富麗堂皇的屋子，非常害怕，於是直往門口跑，但是被熱心幫忙的斯捷潘攔了回來。小狗渾身發起抖來，縮到了牆壁那裡。

「木木、木木，到我這裡來呀，到太太這裡來，」夫人說：「來，小傻瓜……別怕……」

「來啊，來，木木，到太太那裡去，」女伴友都幫著喊：「快過來。」

可是木木愁眉苦臉地四周望了望，還是一動不動。

「拿點東西給牠吃，」太太說：「牠可真笨！連太太這裡也不肯過來。有什麼好怕呢？」

「牠還沒適應。」女伴友中的一位用怯生生而弱弱的聲音說。

斯捷潘拿來一小碟牛奶，放到木木跟前，但木木甚至都沒去聞一下，還是渾身發抖，跟先前一樣四處張望。

「唉，可真有你的！」太太說，一邊走近牠，俯下身來，想撫摸一下牠，但木木立刻扭過頭，齜了一下牙齒。太太趕忙抽回了手……

屋裡一片短暫的沉默。木木輕聲地號叫，彷彿又哭訴又抱歉的樣子……太太走開了，直皺眉頭。小狗突然齜牙嚇到她了。

「哎呀！」所有的女伴友都齊聲喊起來，「牠沒咬到您吧，上帝保佑！（木木長到這麼大還從沒咬過任何人。）哎呀，哎呀呀！」

「把牠帶出去，」老太太發話的聲音變調了，「可惡的小狗崽子！牠可真壞！」

她慢慢轉過身，回自己的內房去了。女伴友面面相覷、小心翼翼地跟在她後面，但她停下腳步，冷冷地看她們一眼，說道：「你們想幹嘛？我可沒叫你們。」說完就走了。

女伴友垂頭喪氣地朝斯捷潘揮了揮手，他一把抓起木木就丟向門那邊，正好就扔到格拉西姆的腳邊，半個小時過去了，整個屋子裡一片死寂，老太太坐在沙發裡，臉色比暴雨前的烏雲還要陰沉。

你能想到吧，這些無所事事之人有時候還真能無事生非、令人不悅呢！

那天一直到晚上，太太都不開心，跟誰都不說話，牌也不打，整個晚上過得都很鬱悶。她尋思，遞給她的香水跟平時的不太一樣，枕頭有一股肥皂水味，她讓管鋪床的女僕把屋內所有的布品都聞了個遍——總而言之，太太情緒很激動，非常「火大」。翌日早晨，她比平時提前一小時就吩咐把加夫里拉叫來。

「請你告訴我，」一等到加夫里拉內心不無嘀咕地邁進房門，她立即說道：「在咱們院子裡整晚吠叫的是什麼狗啊？都不讓我休息！」

「狗，太太……什麼樣的，太太……可能，是啞巴的狗吧，太太。」他說得含糊其辭。

「我不知道，這狗是啞巴的，還是別的什麼人的，只是牠讓我沒法睡覺。我吃驚的倒是，養這麼多狗能做什麼！我想要弄清楚。要知道，咱們不是已經有一條看門的狗了嗎？……」

「怎麼會這樣，太太？是的，太太。小狼狗，太太。」

「你瞧瞧，還有什麼，咱們還要這麼多狗有什麼用？只會盡惹麻煩而已。沒人負責這屋裡──就是這樣。啞巴要一條狗幹什麼？誰讓他在我家院子裡養狗的？昨天我走到窗戶前面，那條狗就躺在小花園裡頭，拖著一根髒兮兮的什麼東西在啃，而那裡可種了我的玫瑰花……」

太太說到這裡就不說了。

「今天就讓牠消失……你聽見了嗎？」

「遵命，太太。」

「一定要是今天。現在你走吧。之後我再叫你來報告。」

加夫里拉走出了門。

經過客廳的時候，總管家為了合乎禮儀規範而把呼喚鈴從一張桌子挪到另一張桌子上，悄悄在大廳裡把他那個鴨鼻子擤乾淨，然後走進前廳裡。斯捷潘正在前廳的椅子上睡覺，樣子就像戰爭油畫上被打死的士兵那樣，兩腿從當被子蓋的大衣下面伸出來。總管家搖醒他，小聲跟他說了點什麼要求，斯捷潘聽完，半是齜著牙、半是哈哈笑地回覆了。總管家走遠了，斯捷潘跳起來，裹上自己的男士長外套，穿上靴子，走出去停在臺階上。還沒過五分鐘，格拉西姆來了，背上背著一捆很重的柴禾（太太吩咐夏天也要給她自己的臥房和內室生火），形影不離的木木跟著他。格拉西姆側身到了門口，用肩膀推了一下門，背著重物跨進主屋。木木跟往常一樣，留在門外等他。這時，斯捷潘看準時間，突然撲向小狗，跟老鷹抓小雞一樣，用前胸將牠壓在地上，雙手一摟，帽子都來不及戴，就帶著小狗跑進了院子裡，坐上頭一輛出租馬車，直奔奧霍特內商店而去。在那裡他很快尋到一位買家，只要了五十戈比就將小狗賣給了這位買家，並要求買家答應至少拴著狗一週，然後就直接回家了。但是坐車還沒到家，他就從馬車上跳下來，從後面的小甬巷繞著院子走了一圈，跨過籬笆牆跳進院子裡。他有點害怕從大門走，因為害怕碰到格拉西姆。

但斯捷潘的擔心是多餘的：格拉西姆沒在院子裡。他從屋裡出來，見木木沒在門口，馬上就找起來。他不記得木木有過不等到他回來就走開的情況，於是開始跑遍院子找木木，用自己特有的方式呼叫牠……又奔向自己的頂層閣樓、乾草房，跳到街上，這裡那裡亂跑……木木不見了！他見到人就湊上去，帶著絕望的手勢打聽木木，比劃著離地面半俄尺的樣子展示木木的身高，再用手比劃木木的模樣……有些人的確不知道木木到底跑到哪裡去了，他們只能搖搖頭；另外一些知道的人也只能笑一笑算是回答，而總管家裝出一副一本正經的樣子，對著馬車夫大喊大叫。格拉西姆只好從院子裡跑到外面去了。

他回來的時候，天已經完全黑下來。從他那疲憊不堪的樣子、垂頭喪氣的步伐和滿身的灰塵來看，能想像得到他幾乎跑遍了半個莫斯科城。他在太太的窗戶對面停下來，掃了一眼有七個僕人聚集的臺階，便掉轉身，又喊了一聲：「木木！」沒聽見木木的回應聲。他只好走開。大家望著他的背影，但沒有人笑，也沒有人說一個字……第二天早上，據好管閒事的馬夫安吉帕卡在廚房裡說，啞巴悲傷地呻吟了一整夜。

第二天一整天，格拉西姆都沒有露面，只好由馬車夫波塔帕代替他去趕馬車運水，這讓波塔帕非常不開心。太太問過加夫里拉，她的指示執行了沒有。加夫里拉回答說執行完了。第三天早上，格拉西姆從自己的閣樓出來工作了。午飯他也來吃了，但吃完就又走了，沒跟任何人打招呼。他的臉，本來就跟所有聾啞人一樣毫無表情，現在更是彷彿化石一般。午飯後他出了院子，但時間並不長，回來就直奔乾草房。夜幕降臨，月光皎潔。格拉西姆唉聲歎氣，躺在那裡不停地翻來覆去，忽然他感覺到有什麼東西在拽他的衣襟下襬，他渾身一震，但並未抬頭，而且甚至瞇起了眼睛。然而衣服下襬又被拽了一下，比之前那一次力氣更大，他跳了起來……木木脖子上繫著一節被扯斷的繩子，在他面前原地直繞圈。一聲因為高興而拉長的叫聲從他沉默的胸中迸發出來。他抓住木木，緊緊將牠摟在自己的懷裡，牠也同一時間舔起他的鼻子、眼睛、滿臉的鬍子……他站著定了定神，想了又想，小心翼翼地從草墊子上爬下來，四周看了一下，確認沒人看見他之後，順利返回自己的閣樓屋。格拉西姆之前已經猜到，小狗並非自己走丟，而很有可能是老太太讓人帶走的。僕人用手勢告訴過他，他的木木如何對太太耍威風，於是他決定要採取自己的措施。

他先是給木木餵了塊麵包，安慰撫摸了牠，將牠安頓好，然後開始策畫，整個晚上都在不斷地想，怎樣才能將牠藏好。最後他終於想到應該整天都把牠留在閣樓屋裡，他偶爾去探望牠一下，只有夜裡才帶牠出來遛遛。他用自己的粗呢大衣塞住了門上的洞，天剛濛濛亮，他就已經開始在院子裡忙碌起來，彷彿什麼事情也沒有發生一樣，他的臉上甚至（善意的欺騙！）保留著先前的沮喪。可憐的聾子腦子裡從未想過，木木會因為自己的吠叫而暴露，事實上，滿宅子裡的人很快就知道啞巴的小狗回來了，給關在他自己的住處裡，可是，出於對他、還有對木木的同情，某種程度上，可能還有出於對他的害怕，他們並未讓他知道他們已經知道了他的祕密。總管家抓了抓自己的後腦勺，隨之擺了擺手。「好吧，上帝保佑他！但願太太不會知道！」

然而啞巴做起事來還從未像那一天那麼賣力氣：整個院子他都打掃得一塵不染，雜草鏟得乾乾淨淨，每一株小草他都澆灌到，庭院小花園的籬笆牆上每一根木樁都逐個拔一拔，檢查是否穩固，然後再逐個紮牢紮實——總而言之，忙得一刻不得閒，以至於太太都注意到了他的熱心程度。一天當中，格拉西姆只有兩次悄悄回來看過被他鎖在屋裡的木木。夜晚的時候，他跟牠一起躺在閣樓裡睡覺，而不是乾草棚裡。直到夜裡一點多鐘的時候，他才帶著木木去外面呼吸新鮮空氣。院子裡遛夠了，他正要準備回屋的時候，籬笆牆後面小巷子那邊突然傳來一陣沙沙的聲響。木木豎起耳朵，叫了起來，跑到籬笆牆前面，嗅了一下，就發出一陣響亮尖銳的吠叫。原來那裡有一個醉漢想要在戶外過夜。恰好在這個時候，太太經歷了一陣持續很長時間的「神經質的情緒波動」，剛剛入睡（一般她晚餐吃得過飽的時候就總會出現這種情緒波動）。突然的狗吠把她一下子驚醒了。

她的心臟怦怦直跳，隨之就快要驟停了。「姑娘們，姑娘們！」她呻吟地呼喊，「姑娘們！」驚慌失措的女伴友都跑進她的臥室。「哎喲，哎喲，我要死了！」她喊道，痛苦地舞動雙手，「又是，又是那隻狗！……哎喲，去請大夫來。他們這是要害死我……狗，還是那條狗！哎喲喲！」——她把頭往後一仰，好像是要暈厥過去的意思。他們去喊的大夫，也就是家庭醫生哈里通。這位郎中全部的本領包括：腳蹬軟底靴，必恭必敬地量量脈搏，一天二十四小時要睡足十四小時，剩餘的時間總是深呼吸，要嘛就是不停地讓太太服用桂櫻葉滴劑——這位郎中馬上跑過來，點燃一些羽毛熏了熏臥室，太太睜開眼睛後，他立即又送上祕方調製的一小杯水。太太喝下了，但馬上又開始帶著哭腔抱怨那條狗，抱怨加夫里拉，抱怨自己的苦命，抱怨大家嫌棄她這個可憐的老太婆，抱怨沒人心疼她，抱怨所有的人都盼著她死。這時候，倒楣的木木還在吠叫，格拉西姆努力想把牠從籬笆牆那裡喚回來，卻也是枉然。「你聽見了吧……聽見了吧……又叫起來了……」太太嘴裡還在嘟嘟囔囔，眼白直往上翻。家庭醫生跟一位女伴友耳語了一句，女伴友跑到前廳，用力搖醒斯捷潘，斯捷潘又去叫醒了加夫里拉，加夫里拉一時怒起，吩咐屋裡的全體人員都起來集合。

格拉西姆一轉身，就看見窗戶裡光亮閃動和人影幢幢。他預感到大禍臨頭，抱起木木夾在腋下，跑進閣樓屋就把門反鎖了。過了一會兒，五個人過來砸他的閣樓門，但是發現被門栓頂死，只得停下來。加夫里拉怒氣沖沖地跑來，命令他們在門外原地蹲守警戒到清晨，他自己隨後卻一頭衝進女傭人屋裡，只讓年長的女伴友柳波芙·柳比莫芙娜——他夥同這位女伴友盜竊茶葉、白糖和其他食品雜貨，還做假帳——轉稟太太說，那條狗不知道從哪裡又不幸地跑回來，但不會讓那條狗活過明天，希望太太行行好，不要動怒發火，盡量靜下心來。太太，看得出來，不會這麼快就能靜下心來，因為家庭醫生匆忙中把十二滴的桂櫻葉滴劑弄成了整整四十滴：一刻鐘後藥就起了作用，太太睡得又熟又香；而格拉西姆臉色蒼白地躺在床上，緊緊捂住木木的嘴不讓牠再叫出聲來。

翌日早晨，太太很晚才睡醒。加夫里拉一直等她發布命令，以便對格拉西姆的隱蔽之所發起關鍵性的最後突擊，而他自己也做好了遭受太太暴風驟雨般洗禮的準備。但是暴風驟雨沒發生。太太倚在床上，吩咐把那位年長的女伴友叫來。

「柳波芙．柳比莫芙娜。」她聲音很小、很微弱地說。她有時候喜歡裝成一個受盡壓迫、孤苦伶仃的苦命人。什麼也不用說，那個時候屋子裡所有的人都開始感到非常忐忑不安。「柳波芙．柳比莫芙娜，您都看到了，我這裡都到何種地步了。我的好人，替我去一趟加夫里拉．安德列伊奇那兒吧，跟他談一談，對於他來說，難道隨便一條小狗都比他主人的安寧、主人的性命還要珍貴嗎？我不會相信這個，」她又用加重的語氣補充說了一句：「您去吧，我的好人，就當做一件好事，去找一趟加夫里拉．安德列伊奇吧。」

柳波芙．柳比莫芙娜去到加夫里拉的房間。不清楚他們談了些什麼，但過不了一會兒，整整一群人馬就浩浩蕩蕩穿過整個院子往格拉西姆的閣樓出發了。加夫里拉在前面帶隊，雖然並沒有起風，他卻一隻手壓住帽子。他的旁邊跟著一幫傭人和廚子，赫沃斯特大叔（大尾巴叔叔）從窗戶裡朝外面張望，好像在調度指揮似的，但也就只是揮了揮手而已。隊伍最後面是一群蹦蹦跳跳、看稀奇熱鬧的小孩子，其中有一半都是外面跑進來的陌生小孩。通往閣樓的狹窄樓梯裡，一人坐在那裡看著門，門旁邊還站著兩個手持木棍的傢伙。大家亂哄哄地在樓梯上往前擠，把樓梯全堵死了。加夫里拉走到門前面，用拳頭砸門，大聲喊：

「開門！」

只聽見一聲低沉的狗吠，但沒人答應。

「聽見沒有，開門！」他又重複了一遍。

「喂，加夫里拉．安德列伊奇，」斯捷潘在樓梯下面一點的位置上提醒他說：「他可是聾子——聽不見。」所有人都笑起來。

「我們該怎麼辦才好？」加夫里拉在上面反問道。

「他的房門上有一個孔，」斯捷潘說：「您可以用木棍在那裡動幾下。」

加夫里拉彎下腰。

「他用了件什麼粗呢外套把門洞堵死了。」

「那您就把粗呢外套捅回去。」

這時又傳來一聲低沉的狗吠。

「都聽見了吧，聽見了吧，牠自己暴露了。」人群中有人說道。大家又笑聲一片。

加夫里拉一直抓自己的耳根。

「不，兄弟，」他最後接著說：「粗呢外套你自己來捅吧，要是你願意。」

「好吧，遵命！」

於是斯捷潘努力從樓梯下面爬上來，拿起木棍，將粗呢外套捅了下去，又用木棍在門洞裡攪動了幾下，一邊說：「出來吧，出來吧！」他還在用木棍攪動，忽然閣樓的門飛快地打開了——一大幫僕從走卒連滾帶爬地從樓梯上跑下來，加夫里拉領頭。赫沃斯特大叔關上了窗戶。

「喂，喂，喂，喂，」加夫里拉從院子裡喊道：「你不要跟我作對，你可當心！」

格拉西姆在門口一動不動地站著。那幫人就擠在樓梯口下面。格拉西姆從上面看著這些穿德式長褂的嘍囉，兩隻手輕輕叉在腰間，他上身套著一件鮮紅的鄉村大衫，在他們面前顯得格外高大。加夫里拉往前邁了一步。

「你可當心啊，兄弟，」他說：「別跟我胡鬧。」他開始用手勢向他解釋，太太就是想要你的這隻狗，現在就交狗，否則你就要倒大楣。

格拉西姆看了他一眼，指了一下狗，又用手在自己的脖子上做了一個類似打活結的動作，一臉疑問地盯著總管家。

「對，對，」總管家點頭回應：「對，必須。」格拉西姆垂下眼瞼，隨後猛地挺起身，又指了一下木木。木木一直站在他的旁邊，天真地搖著尾巴，耳朵好奇地擺動。格拉西姆在自己的脖子上重複了一遍勒死的動作，又重重拍了拍自己的胸膛，好像是解釋說，他要自己來了結木木的性命。

「你這是在騙人。」加夫里拉擺著手回答。格拉西姆看了他一眼，輕蔑地一笑，又用力拍了一下自己的胸膛，就將房門砰的一聲關上了。一幫人面面相覷，說不出話來。

「這是什麼意思？」加夫里拉說：「他把門關上了？」

「讓他去吧，加夫里拉．安德列伊奇，」斯捷潘說：「他會說到做到的。您知道他一向如此……只要他答應的，就能信。他在這方面跟我們這幫弟兄可不一樣。他說真的，就一定是真的。是的。」

「是的，」一幫人都晃著頭，跟著說：「是這樣的，是的。」

赫沃斯特大叔推開窗戶，也說道：「是的。」

「看來，可能是吧，我們等著看吧，」加夫里拉說：「可是崗哨無論如何還不能撤。喂，你，葉洛施卡！」他又補上一句，這是對著其中一個臉色蒼白，穿著一件黃色粗布卡薩金[9]的花匠說的：「你又能幹些什麼呢？就拿一根棍子坐在這裡，一旦有個風吹草動，馬上跑來跟我報告！」

葉洛施卡拿起一根棍子，就坐在樓梯最下面那一階。除了幾個看熱鬧的人和小孩子

9 舊時一種俄式、烏克蘭式的寬鬆短上衣。

之外，其餘的人都散去了。而加夫里拉也回了家，並讓柳波芙・柳比莫芙娜代他稟報太太說，一切都處理完畢，同時他還派了一個馬車夫到警察局報備以防萬一。太太用自己的手帕打了一個結，灑了一點香水在上面，聞了聞，用它擦一下太陽穴，喝夠了茶，因為桂櫻葉滴劑還在發揮作用，她又睡著了。

整場騷動過了一小時之後，閣樓的門又打開了，格拉西姆走了出來。他身穿一件過節才穿的外套，用繩牽著木木。葉洛施卡閃到一邊給他讓開路。格拉西姆向門口走去。小孩子和之前留在院子裡的人都緊盯著他，一言不發。格拉西姆沒回頭，走到街上才戴上帽子。加夫里拉還是派那個葉洛施卡跟著他充當偵察員。葉洛施卡遠遠地看見他牽著狗走進了一家食品雜貨店，就守在店門口。

食品雜貨店的人都認得格拉西姆，也明白他的手語。他給自己點了份肉湯就坐了下來，兩手擱在桌上。木木站在他坐的椅子旁邊，用一雙聰明的眼睛安靜地望著他。木木身上的毛色真亮，看得出來，有人剛給牠梳理過。肉湯給格拉西姆送過來了。他將麵包撕碎放進湯裡，把肉切得很碎，將碟子放到地上。木木吃的時候帶著一貫的風度，用嘴貼著湯碟慢慢舔著吃。格拉西姆注視著牠，看了牠很久；兩滴碩大的眼淚從他眼裡滴落下來，一滴落在小狗的窄小額頭上，另一滴落在了湯裡。他用手捂住臉。木木吃完半碟就舔著嘴走開了。格拉西姆站起身，付了肉湯錢，在食品雜貨店服務生略帶不解的注視下走出店外。葉洛施卡一看見格拉西姆，就躲到角落去了，等他走過之後，才又跟在他後面走。

格拉西姆走得不快不慢，木木的繩子也沒解掉。等走到一個街角，他停了下來，似乎想了一下，突然快步直接向克里木淺灘方向走去。半路上他走進一個正在蓋廂房的院子裡，拿了兩塊磚頭掖在腋下走出來。走過了克里木淺灘，他拐個彎順著岸邊繼續走，走到了一個地方，那裡木樁上繫著兩條附船槳的小船（他之前已經發現這個地方）。他帶著木木跳進了其中一艘小船。從菜園一角的棚子裡走出來一個瘸腿的老頭子，對著他直喊。但格拉西姆只是對他點了點頭，就用力划起槳來，雖然是逆流而上，但只過了一會兒他就已經划出一百俄丈遠。岸上的老頭子站著、站著，先用左手抓了抓背，再換右手抓，隨後就一瘸一拐地回棚子去了。

而格拉西姆就只知道划啊划，莫斯科已經被他划到後面去了。沿著兩岸划過去的有草地、菜園、田野、樹林，還有一幢幢農舍。水面上吹來陣陣鄉村的氣息。他把槳扔到一邊，朝蹲在他面前一塊橫板上的木木低下頭——船艙裡都是水——隨後他一動不動，兩隻手在木木的背上交叉成一個十字架，這時候小船已經被波浪往回帶得離城裡更近了些。最後格拉西姆急促地挺起身，臉上帶著某種病態的狠毒，用繩子將他拿來的兩塊磚頭纏繞好，打了一個環扣，套在木木的脖子上，又把牠在河面上舉起，最後看了牠一眼……牠信任而毫無恐懼地望望他，輕輕地搖晃著尾巴。他背過身去，緊鎖眉頭，鬆開了雙手……格拉西姆什麼也沒聽見，無論是木木落水一閃而過的尖叫聲，還是沉悶的濺水聲。對他而言，最喧囂的白天也是默然無聲的，就像最寂靜的黑夜對於我們而言也不是沒有一點聲響。當他再次睜開眼睛，只有河上的波浪依然翻滾，好像你追我趕一般；碎浪依然拍打著船幫，只有那些長長的水圈一路往後遠遠地蕩漾到岸邊。

葉洛施卡，在格拉西姆剛消失在他的視線的時候，就轉身跑回去報告了他所看到的一切。

「好啦，可以了，」斯捷潘說：「他是要淹死牠。可以放心了。因為他都答應了……」

一整天誰也沒看見格拉西姆。他沒回來吃飯。已經是晚上了，大家都在一起吃晚飯，唯獨少他一個。

「這個格拉西姆真是古怪啊！」一個胖胖的洗衣女工尖聲說道：「為了一條狗非要鬧著沒事搞成這個樣子不可呢！……真是的！」

「問題是格拉西姆回來過。」斯捷潘忽然大聲說道，一邊用勺子扒著碗裡的粥。

「怎麼回事？什麼時候？」

「就在大約兩個小時之前。我和他還真就在門口遇上了；他從這裡走的，從院子出去的。我本來想問問他小狗怎麼了，但是他，看得出來，很不高興。而且，他還推了我一下，可能他就是要我閃到一邊去吧，好像是說：『別纏著我』，這一推，我的脊背就像遭到一條巨大的歐鯿魚的一擊，那個痛啊，哦喲——喲——喲！」斯捷潘聳聳肩，帶著極不自然的笑，摸摸後腦勺。「是啊，」他說：「他那隻手，令人羨慕的手，沒話說。」

大家都取笑斯捷潘，吃完晚飯，各自散去歇息。

正是在大家閒扯的這個時候，公路上有一個碩大的人影正急匆匆地一刻不停趕路。他肩上扛著一個包，手裡拿著一根長木棍。這個人就是格拉西姆。他頭也不回地往前趕，趕著回家，回到他的鄉下農村去，回到故鄉去。他淹死了可憐的木木後，跑回自己的閣樓，匆忙地收拾了些零碎物品往破舊的馬披蓋一扔，又綁了一個結，往肩上一扛，就這樣上路了。他被帶到莫斯科來的時候，就仔細記住了路線，太太接他走的那個村子離公路總共二十五俄里[10]遠。懷著一種堅不可摧的勇氣、一種絕望又快樂的決心，他走在路上。他走著，他的胸口完全敞開，兩眼熱切地直視前方。他急切地往前走，彷彿老母親正在家裡等著他歸來，彷彿在異鄉陌生人之中經過漫長的流浪漂泊之後她又喚回了他……

夏夜降臨，寂靜、溫暖、太陽落山的那一邊，依然泛著白光和正在消失的最後一抹

---

10 舊俄丈量單位，一俄里等於一．六一公里。

緋紅，而另一邊，升起的是一片青灰色的暮靄。夜色正從那裡緩緩降臨。四周，成千上百隻鵪鶉在聒噪，長腳秧雞你方唱罷我登場……格拉西姆聽不見這些聲音，也聽不見樹林在黑夜裡隨處可聞的竊竊私語，儘管他正邁著有力的步伐經過，但他聞到了他熟悉的漆黑田野裡飄過來正在成熟的黑麥的香氣，而故鄉吹來的風輕輕吹拂他的臉，吹拂他的頭髮、鬍鬚，他都感受到了；他看見眼前這條月光下的路——回家的路，像一支筆直的箭；他看見天空中數不清的星星照亮他的路途，他步伐堅定有力，精神飽滿，像一頭雄獅，當晨曦的溫潤紅霞照在這位長途跋涉的年輕人身上的時候，莫斯科城和他之間的距離已經超過三十五俄里了……

又走了兩天，他到家了，到了自己的小窩。他的到來讓那位外還來的士兵妻[11]萬分驚訝。在聖像前禱告一番之後，他立即去找村裡的工長。工長先是大吃一驚，但考慮到刈草的季節正好開始，馬上往格拉西姆這位出色的勞動力手裡塞了一把割草的大刈刀，他就像多年前一樣下地割草去了。他割草的姿勢一揮一攏那麼瀟灑，村裡其他的男人只有挨罵的分了……

而在莫斯科，格拉西姆逃走的第二天，他們到處尋他不見。他們跑到他的閣樓，翻了個遍也沒有找到他，遂報告加夫里拉。加夫里拉也來了，看了看，聳聳肩，認為啞巴要嘛逃走了，要嘛跟他那條傻狗自沉河底了。他們跟警察局報了案，也稟報了太太。老太太大發雷霆，氣得哭了一場，吩咐無論如何都要找到他，她還聲稱，她從未下過殺死那條狗的命令，直到最後，加夫里拉被她罵得都快不行了，整天搖著腦袋只會說一個：「嗯！」赫沃斯特大叔開導不了他的時候也拿這個跟他說：「嗯——嗯！」直到最終傳來了格拉西姆回到村裡的消息，老太太才稍稍安下心來。起先她吩咐立即將格拉西姆押回莫斯科，不過隨後她又說，她完全不需要這種忘恩負義的傢伙。再說，這件事發生後不久，她自己也去世了；她那些遺產繼承人也顧不上格拉西姆；他們還將母親所有的家奴都按照賠償代役租的方式遣散了。

格拉西姆一直活到現在，當他的佃農，住在自己的小木屋裡；他跟往昔一樣健壯，做著跟昔日一樣一人頂四人的工作，依然跟昔日一樣低調、守規矩。但鄰居也發現了，從莫斯科回來之後他就再不跟別的女人打交道了，甚至都不看她們一眼，一隻狗他也沒再養過。「不過呢，」男人閒聊時說：「不需要女人是他的福氣；可是狗——他養狗有什麼用處？就是綁好了的小偷，你也拖不到他跟前院子裡去的！」關於啞巴力大無比的傳說就是這些了。

---

11 指沙俄時代士兵（通常是農民、農奴）的妻子。

# 阿霞[1]

1　小說寫於一八五七年，發表在《現代人》雜誌一八五八年第一期，副標題是《N．N講述的故事》

# 1

我那時候二十五歲左右——（N・N開始講述），顯然，這已經是陳年舊事了。我剛掙脫樊籠到國外旅行，並非為當時人家所說的「完成學業」，單純就為了「世界很大，我要去看看」。我健康、年輕、快樂、錢花不完，無憂無慮，毫無牽掛，想幹什麼都行，簡而言之，活得有滋有味瀟灑自在。那時我從未想到，人非植物，豈能永遠繁榮？青春年少享受著金燦燦的小糖餅，還以為這樣的好日子可以天長地久，何曾想你會有去乞討一塊小麵包的時候？但多說這些已經沒什麼用了。

我的旅行漫無目的，也沒什麼計畫；我喜歡走到哪裡停到哪裡，一旦有去看新面孔——對，說的就是人——的想法，立刻就出發。只有人才能引起我的興趣。我膩煩了那些新奇的紀念碑、非凡的收藏，千篇一律的導遊只會讓我覺得厭煩，在德勒斯登的綠穹珍寶館[2]我都快發瘋了。大自然對我的影響意義非凡，只是我不太喜歡所謂的風景區、

2 德勒斯登王宮的著名建築，建於一七二三年。

名山、懸崖、瀑布，我不喜歡被美景束縛和打擾。但面孔、活生生的人的面孔——大家的交談、活動、笑聲——要是缺了這些我可受不了。在人群中我總是感到輕鬆快樂；人群去到哪裡我就會愉快地跟到哪裡；大家歡呼我也歡呼，同時我還喜歡觀察大家歡呼的樣子。觀察人就是我的娛樂……但也許我並非跟蹤他們——而是帶著一種愉快、永遠都不滿足的好奇心觀察他們。然而我又扯遠了。

言歸正傳，大約二十年前，我住在德國萊茵河左岸一個簡稱「Z」的小城。我正尋求獨處，我剛被一位泡溫泉認識的年輕寡婦傷透了心。她很美，很聰明，跟所有人都調情——包括跟我這個罪人——剛開始她讚賞我，爾後卻又無情傷害我的自尊心，讓一位臉頰緋紅的驃騎兵中尉取代了我。坦白說，我心口的創傷還不是很深，但我必須花一點時間療傷和排遣孤獨——年輕就是本錢，怎麼玩都可以！——所以我來到小城Z住了下來。

這座小城讓我喜歡的是它處於兩座山丘山腳下的地理位置，頹敗的城牆、古老的教堂鐘塔、數百年的橡樹、亮晶晶流入萊茵河的那條支流上的陡橋，最重要的是小城擁有上好的紅酒。太陽剛下山的時候（那時候是六月），小城狹長的街上總會有非常漂亮的德國姑娘散步，她們遇到外國遊客，就會用非常甜美的聲音說：「Guten Abend![3]」甚至當月亮從老房子的尖頂上已升起來很高，在寧靜的月光下連那些街道上的小石子都能看得清清楚楚的時候，姑娘還沒有散去。

這個時候我就喜歡在城裡閒逛，似乎月亮也正從天空中深情地凝望著這座小城，小城也感覺到了這種凝視，有感應而溫順地站在月光下，一身灑滿清輝，那安然又讓靈魂難以平復的清輝。高高的哥德式鐘樓穹頂上的風信雞閃著淺白的金光；黑黝黝的河面也蕩漾著一層層同樣金色的折射光；細細的蠟燭燈火（德國人很會過日子！）從石墨鋪就的屋頂下的小窗中帶來一點低調的暖意；而葡萄園裡的藤蔓將滿樹小鬍子般毛茸茸的嫩枝從石牆縫裡探出來；三角形廣場那邊的古井旁不知什麼小動物跑進陰影裡，打更人無精打采的哨子聲突然傳來，一條溫和的土狗低聲吠叫。晚風溫柔拂面，橡樹散發出的甜味如此強烈，令人情不自禁地大口大口地深呼吸，「葛列特昕」[4]這個名字——不知道是感歎還是疑問，不由自主地脫口說出來。

小城Z距離萊茵河只有兩俄里遠。我常常走路過去欣賞這條偉大的河流，不無愁緒地想起那位狠心的寡婦，那棵高大、孤獨的白蠟樹下的石凳上，我一坐就是很久。一尊一臉純潔、被長劍刺穿心臟的小聖母像從白蠟樹的樹枝間憂傷地望過來。河對岸是另一

3 德語：晚安。（原注）

4 德語：Gretchen，歌德《浮士德》中女主角的名字。

座比我暫居的小城稍大一些、簡稱「L」的城市。有一天晚上我坐在心愛的石凳上，一會兒望望河面，一會兒看看夜空，一會兒再轉向那些葡萄園。我看見，有一條刷了油漆的船被拖到岸上倒扣著，一群淺色頭髮的男孩子在船上爬來爬去。河上的帆船靜靜地滑行，只是風吹得船帆並不緊；而波浪泛著綠光，一陣細浪又鼓起一陣細浪，發出咕嚕、咕嚕的聲音。忽然我聽到一陣音樂聲，我側耳傾聽起來。L小城奏響了華爾滋舞曲，大提琴時斷時續，小提琴隱隱綽綽，管樂最嘹亮。

「這是在做什麼？」我向一位朝我走來的老人詢問，他身穿一件波利斯起絨背心，藍色長襪，腳蹬一雙有排扣的短靴。

「這個嘛，」他先把菸嘴從嘴的這一邊挪到另一邊，才回答我：「B城大學生來這裡聚會。」

「我是不是得去看看他們的聚會呢，」我這樣想著：「再說我也沒去過L城。」我找到一位擺渡船夫，直接向對岸划過去。

## 2

也許，並非所有人都知道什麼是大學生聚會（Kommers）。這是特指某種隆重的餐會，一般都是同一個地方或組織（Landsmannschaft）[5]的大學生聚在一起遊戲娛樂。幾乎所有的餐會成員都要穿戴上很早以前傳下來的德國大學生打扮：輕騎兵式的外套、長筒靴、別著各種顏色帽圈的小圓帽。大學生午飯前就在學長姊（高年級的大學生）帶領下集合好了。餐會一直持續到第二天清晨，大吃大喝，唱歌，唱“Landesvater”和“Gaudeamus”[6]，抽菸捲、批評沽名釣譽之人，聚會有時候還會聘請樂隊參加。

L城一家掛著「太陽」招牌的小旅館門前，臨街的花園裡，正在舉行這樣的餐會。無論旅館屋頂還是花園裡，到處都彩旗飄飄。修剪整齊的椴樹下，大學生坐在餐桌後，一條鬥牛犬就躺在桌子下面。另一邊，在爬滿爬牆虎的涼亭裡，樂師被安置在那裡，他

---

5 德語，意即「大學中外國學生的同鄉會」組織；另一名稱為「僑聯會」。

6 Landesvater，德語，十八世紀德國興起的一種大學風俗，大學生集體頭戴別著刀劍的帽子，齊聲合唱的一種慶祝歌曲；Gaudeamus，德語，德國大學生之歌。

們演奏得很賣力，不時喝點啤酒為自己打氣助威。街上，花園的矮牆邊，已經聚起足夠多的人：善良的L城居民可不想錯過這次與外來客人同樂的機會。我也擠在這些觀眾之中。看著大學生的面孔，我也很愉快。他們擁抱、歡呼、青春無限的打鬧、火辣辣的眼神、無厘頭的笑聲——世界上最美的笑聲——所有這些血氣方剛、鮮活生命的快樂浪花，這種勇往直前的衝勁——不論衝向哪裡，只要是往前——這樣美好的無拘無束感動了我，也點燃了我。「我要不要加入他們之中呢？」我問自己……

「阿霞，你玩夠了嗎？」忽然我的身後傳來一個男人的聲音，他說的是俄語。

「我們再等一下。」一個女生回答道，說的也是俄語。

我迅速回過身去……我發現一位非常英俊的年輕人，頭戴一頂寬邊簷便帽，身穿一件寬大的短外套，手挽著一位個子不算太高、頭戴大草帽的女子，女子的大半邊臉都被帽簷遮住了。

「你們是俄羅斯人嗎？」我幾乎是脫口而出。

年輕人笑了笑，回答說：「是的，俄國人。」

「我怎麼也想不到，在如此偏僻之地……」我說。

「也出乎我們的意料，」他打斷我，「那又如何？不是很好嗎？請允許我自我介紹：我叫加京[7]，而這位是我的……」他略微躊躇了片刻，「我妹妹。請問您尊姓大名？」

我自報了家門，於是我們攀談起來。我才得知，加京跟我一樣也是為了散心而在四處旅行，一週前剛來到L城，也被小城迷住了。說老實話，我並不太喜歡在國外跟俄羅斯人搭訕。打老遠從走路的姿勢、穿著打扮，最主要的是他們臉上的表情，我就能認出他們。自負、目空一切、頤指氣使的神情，會突然變得小心而膽怯……整個人猛然變得戒備心很強，眼神閃爍不定……「我的天啊！我不會說了不合時宜的話吧，大家不會笑我吧？」——這急促的眼神好像如此說道……過了一下子，又恢復了一臉神氣，這神氣間或與呆滯的困惑互相交替。是的，我有點煩俄羅斯人，但加京幾乎是一下子就讓我喜歡上了。人世間就有這樣幸福的面孔：讓任何人都喜歡看，讓你確實覺得溫暖和親切。加京就擁有這樣的面孔，令人喜愛、親和的面孔，大眼睛閃著柔和的光，一頭柔順的鬈髮。他說話的時候，即使你沒看到他的臉，單憑他說話的聲音就知道，他在微笑。

那位被他稱為自己妹妹的姑娘第一眼就讓我覺得俏麗可愛。圓圓的、略顯黝黑的臉龐顯出一種與眾不同的氣質，細細的鼻樑、鼻子也小小的，完全是一臉童稚，一雙眼睛又黑又亮。她身材勻稱、楚楚動人，但似乎尚未發育成熟。她長得一點都不像她的哥哥。

---

7 加京其實是姓氏。這裡年輕人只說了自己的姓氏，表示一種親熱、非正式的態度。

「您願意到我們家來玩嗎？」加京問我：「我們似乎湊德國人的熱鬧也太久了。真的，要是我們的大學生的話，早就砸爛玻璃摔斷椅腳了，但這些大學生太過謙虛拘謹。你怎麼想，阿霞，不然我們回家吧？」

姑娘點了點頭表示同意。

「我們住在郊外，」加京繼續說道：「住在葡萄園裡，一棟獨立的房子裡，地勢很高。我們那裡景色很棒。房東太太答應幫我們做好酸奶。現在天也快黑了，您最好是在月光下渡過萊茵河。」

我們一起出發了。穿過低矮的城門（鵝卵石砌成的古城牆將小城四面圍合，甚至城牆上的一些炮眼還清晰可見），我們在一片田野中穿行，再沿著石頭圍牆走了一百多步，在一扇又窄又小的圍牆門前停了下來。加京推開小門，引導我們沿著陡峭的小徑向山上行進。路兩旁，呈階梯狀的葡萄園生機盎然。太陽剛剛落下山，一條細細的豔紅光帶映射在綠色的藤蘿和高高的葡萄雄蕊上，映射在連綿不絕、分布著大大小小岩層的乾涸大地上，映射在那棟有著黑色的斜屋頂和開著四扇明亮小窗戶的小房子的白牆上。那棟房子就在我們攀爬的這座山的山頂上。

「我們的住處到了！」我們剛接近那棟房子，加京就喊了一聲，「女房東送牛奶來了。Guten Abend[8]，夫人！……我們馬上就坐下來吃飯，但在這之前，」他又補充說：

「您看一看周圍……風景如何？」

景色真的美極了。綠色蔥鬱的兩岸之間，銀光閃閃的萊茵河靜臥在我們眼前，有的地方又呈現出落日血紅色的金光。立在岸邊的小城的所有建築物和街道都一覽無遺，山丘和原野逶迤起伏。朝下看，萬物美好，而仰頭望，景色又更勝一籌：特別令我讚歎的是天空的純淨和深邃，表明空氣非常透明。清新而又輕盈的風兒徐徐吹拂，微波搖盪，好像這身處高處的風兒亦已更覺自由自在了。

「您選了一棟無與倫比的房子。」我說。

「這都是阿霞找的，」加京回答。「喂，阿霞，」他繼續說：「你張羅一下，把所有吃的都送過來。我們要在露天晚餐。這裡音樂聲聽得更清楚。您注意到這一點了吧，」他轉過身來對我，補充說：「有一類華爾滋近聽不好聽，只是低級、粗鄙之聲，而倘若在遠處聆聽，簡直好聽至極！並且能撥動您所有浪漫的琴弦。」

阿霞（她的真正名字叫安娜，可是加京一直喊她阿霞，所以請允許我也這樣稱呼她）——進到屋裡，很快就跟房東太太一起返回來。她們兩人抬來了一個大托盤，有一

8 見前注，德語：晚安。（原注）

大罐牛奶、餐碟、勺羹、糖、果醬、麵包。我們各自就位坐好，享用晚餐。阿霞已摘掉了草帽，她一頭黑髮，髮式梳剪得跟個男孩子一樣，只是一大綹一大綹的鬈髮垂下來遮住了她的脖頸和耳輪。一開始，阿霞跟我害羞認生，加京就跟她說：「阿霞，看你嚇成這樣！他又不會咬人。」

她笑了，過了一會兒就主動跟我說起話來。我從未見過比她更好動的人。她一刻都不會安靜地坐著，她起身，跑進屋再跑出來，小聲哼著曲子，總是帶著笑，如此反覆多次。感覺她笑不是因為聽見什麼而笑，而是因為跑進她腦子裡的各種各樣的想法而笑的。她一雙大眼睛炯炯有神、晶瑩清澈而勇敢，而有時她眼瞼微閉，那時她的目光就變得格外深沉而溫婉。

大家一起聊天聊了兩個小時左右。白天已盡，而夜晚，起初是華燈綻放，爾後夜色明亮而鮮豔，再然後蒼白、暗淡而模糊，靜靜地凋落之後終於消融在夜幕之中，而我們的交談還在繼續，像我們周圍的空氣一樣友好而溫和。加京差人送來了一瓶萊茵葡萄酒，我們慢慢一口一口地喝完了它。音樂聲一如既往地飄來我們這裡，愈發甜蜜而溫柔。萬家燈火在小城裡點燃，也在萊茵河上亮起。阿霞忽然腦袋一沉，頭髮就垂下來遮住了雙眼，她沉默起來，又歎了一聲，接著跟我們說，她想休息，就回屋裡去了。但我看見，她並未點亮蠟燭，而是在沒關嚴實的窗後面站了很久。月亮終於完全升到中天，萊茵河上月光弄影，萬物有些閃著銀光，有些變得暗淡，一切都因月光而變，甚至我們稜面的紅酒杯也染上了一層神祕的光澤。風停息下來，彷彿收攏翅膀，凝固般一動不動，夜色沉沉的大地上吹來陣陣芬芳的暖流。

「該走了！」我喊了一聲，「否則，我可能連一個老船夫也找不到了。」

「是不早了。」加京也跟著說。

我們起身順著小徑下山。忽然有幾塊小石子在我們身後滾落下來，原來是阿霞又追上了我們。

「你難道不睡覺？」哥哥問她，但她一句話也沒說，就跑到我們前面去了。

旅館花園裡大學生點起的油燈盞子還有一些奄奄一息的微亮，照著下面的樹葉，讓樹葉看起來像似有了一種節日的夢幻般的模樣。我們在岸邊找到了阿霞：她正在跟船夫說話。我跳進船艙，跟我的兩個新朋友揮手道別。加京答應翌日回訪我，我握了一下他的手；再將手伸向阿霞，但她只是看了我一眼，搖了搖頭。小船划離了岸邊，被湍急的河水帶走。船工是一位健碩的老頭，他將櫓插入黑色的河流中，用力搖。

「您划到月亮柱子上去了，您把水中的月亮打碎了。」阿霞對我喊著。

我垂下眼睛，小船周圍漆黑一片，波浪擺晃如搖籃。

「再見啦！」她的聲音再次響起。

「明天見。」加京跟在她後面喊道。

小船靠了岸。我上了岸，回身眺望。漆黑的對岸已經人影不辨。而月光之柱架起的一座金橋跨過了整條河流，好像特別為了應和告別似的，此時傳來了拉涅爾[9]華爾滋舞曲。加京說得對：我感受到了，我的全部心弦都在戰慄，只為回應那迷人的旋律。我穿過黑暗中的田野走回家，慢慢地吮吸著芳香四溢的空氣。走進自己房間的時候，我的周身充盈著一種漫無目的、無盡無窮，而甜蜜的睏倦。

我感到自己很幸福，但我的幸福因何而來？我無欲無求，我什麼也沒去想，我只是感到幸福。

無限的愉悅和恣意縱情幾乎讓我笑出聲來，我鑽進被子，合上了眼睛，這時我才突然意識到，整個夜晚我一次都沒有想過我那位冷酷無情的美人寡婦……「這意味著什麼呢？」我問自己，「難道我並未愛過？」儘管我給自己提了這個問題，實際情況卻是，我立刻就睡著了，就像搖籃中的嬰兒。

# 3

第二天早上（我已經醒來，只是還未起床）我聽見窗戶下面有手杖的敲擊聲傳來，一個聲音唱了起來，我立刻聽出來是加京的聲音：

你還在睡嗎？我要彈吉他把你吵醒……[10]

我趕緊起身為他開了門。

「您好，」加京邊進屋邊打招呼，「我打擾您有點太早了，可是您看看啦，多好的早晨。空氣新鮮、雨露滋潤，還有百靈鳥在歌唱……」

他的頭髮鬈曲，很有光澤，脖子露在外面，臉頰紅潤，他自己就像這個清晨一樣新

---

9 即約瑟夫．拉涅爾（一八〇一—一八四三），指揮家、小提琴家、鋼琴家，與大史特勞斯一齊被稱為維也納華爾滋舞的奠基人。

10 摘自普希金的詩歌《伊涅澤尼亞，我在這裡……》。

鮮水靈。

我穿好了衣服。我們一起走進小花園，在長凳上坐下來，讓人送來了咖啡，開始閒聊起來。加京給我講述了他未來的打算：他擁有一筆數目可觀的錢財，不必依賴任何人，他有意將餘生獻給繪畫事業，只是後悔自己起心動念有點遲了，白白浪費許多光陰。我也把自己的設想跟他提了，是的，順帶也把我倒楣的情史向他坦白了。他帶著一種寬容的表情聽完我的故事，可是照我看來，在他那裡我並未博得對我不幸情史的強烈同情，他只是出於禮貌，跟著我長歎了兩聲。加京提議我隨他回家看看他的繪畫草圖，我立刻就同意了。

我們並未見到阿霞。據房東太太講，她看一處「遺址」去了：距離小城L約莫兩俄里的地方殘存有一處地主莊園的遺跡。加京給我看了他所有的畫。他的畫作充滿生活氣息和真實的場景，也含有某種自由宏大的氣質，但是沒有一幅畫是畫好了的，所以給我一種隨意和不很自信的感覺。我把自己的意見很坦誠地告訴了他。

「是的，是的，」他接住話頭歎口氣說：「您說得對，這些畫都不好，也不成熟，但又能怎麼辦呢！我沒好好用功學習，還有萬惡的斯拉夫人的懈怠性格總是難改。你若夢想著工作，就會像雄鷹一樣翱翔，甚至地球都能被你撬動——但真的要是動起手來，立刻就變得沒那麼強大，並且覺得勞累辛苦。」

我開始說一些鼓勵他的話，但他搖搖手，把畫作收拾成一堆，扔到了沙發裡。

「假如我有點耐性，也許還能做出點小成績，」他從牙縫裡擠出一句，「沒有耐性，就只會當一個不學無術的紈絝子弟。我們還是去找一下阿霞吧。」

我們出發了。

# 4

通往遺址的那條路沿著一條狹窄而林木茂盛的山谷斜坡彎彎曲曲而行。谷底是一條在亂石中穿行的小溪流，溪水淙淙，好像急於匯入那條被猛然劈開的山脊陰影後靜靜閃耀的大河。加京指給我看一些幸運地被光線眷顧到的地方。聽他說話，會覺得他就算不是風景畫家，至少也是值得信賴的藝術家了。我們要找的遺址很快就到了。在一處光禿的岩壁之巔，一座四角塔樓矗立，整個都是黑色，主體仍然堅固，但被一條縱向的裂痕一分為二了。塔牆上長滿的青苔都快連到塔頂，有些地方爬滿了爬牆虎，從發白的炮眼和坍塌的拱門中探出身來的是那些曲曲拐拐的小灌木。石子路通向倖存的塔門。我們快到大門前面的時候，一個女人的身影從我們眼前倏忽閃過，在一大堆廢墟中快速地跑來跑去，最後舒舒服服坐在塔牆的一個臺階上，那下面就是萬丈深淵。

「還真是阿霞！」加京喊了一聲，「真是個瘋子！」

我們走進塔門，不知不覺拐進一個小院子裡，野蘋果樹和蕁麻長滿了半個院子。梯階上坐著休息的正是阿霞。她把臉轉向我們，笑了起來，但並未挪動或起身。加京用手指頭嚇唬了她一下，而我大聲責怪她一點都不注意安全。

「別說啦，」加京小聲對我說：「不要惹她，您不太瞭解她，她也許還要爬到塔頂上去呢。您最好還是讚歎一下當地人的聰明伶俐吧。」

我四周看了看。有個小角落那裡，一位老婦人在一處非常小的木頭板搭的貨攤旁坐著，一邊織著毛襪，一邊透過老花眼鏡歪著頭打量我們。她向遊客兜售啤酒、糖餅和礦泉水。我們找了一個長凳坐下來，就著笨重的錫杯喝冰啤酒。阿霞還是坐在那裡沒動，盤著兩腿，頭上纏了一塊薄薄的紗巾。她姣好的身材在明麗的天空映襯下顯得格外突出和美麗，我卻懷著一種敵意的心情望著她。前一天我已經發現她有些焦慮，舉止也不十分自然……「她想讓我們嚇一跳，」我想著：「但又為了什麼呢？這又算哪門子的小孩子胡鬧呢？」好像猜中了我的心思，她突然飛快地狠狠盯了我一眼，又笑了起來，連續跳了兩下就跳下了牆，走到老婦人前面，跟她要了一杯水。

「你以為，是我渴了？」她對著哥哥嘀咕了一句，「不是，牆那邊開了一些花，需要盡快澆些水了。」

加京什麼也沒回答她；而她呢，手捧水杯，順著廢墟遺址往下攀爬，時而停下來，彎下腰，帶著一種調皮的鄭重其事，為陽光下盛開的那些花一一灑下幾滴水。她的動作非常迷人，只是我還是跟先前一樣有點氣她，儘管她的輕盈和敏捷我也由衷地欣賞。有個危險的地方她故意尖叫了一聲，隨之哈哈大笑起來……我更氣她了。

「她蹦來蹦去，像一隻山羊。」老婦人從手織襪子挪開視線片刻，自顧自嘟囔了一句。

終於，阿霞把杯中的水澆完了，才又蹦蹦跳跳回到我們面前。她眉宇間、鼻翼和嘴唇都揚起一種奇怪的笑意，黑眼睛瞇著，半是膽大妄為，半是興奮異常。

「您覺得我的舉止有失體統，」她的表情似乎在說：「顧不了那麼多：我知道，您並不討厭我。」

「真厲害，阿霞，真厲害啊。」加京小聲說。

她似乎猛然害羞起來，低下長長的睫毛並像一個罪人一樣低三下四地坐到我們這邊來。我這才頭一次可以仔細端詳她的臉，她就像我剛看見的那樣，有一張變化無常的臉。過了一小會兒，她整個臉孔開始變得蒼白，現出凝重而幾乎是憂傷的神情；我感到她的面容變得愈發清晰、端莊、單純了。她整個人都靜下來了。我們把遺址周圍都走了個遍（阿霞一直走在我們後面），一路欣賞美景。這時，午餐的時間就快到了。跟老婦人結帳的時候，加京又要了一杯啤酒，朝我轉過身來，扮了個調皮的鬼臉高聲祝酒：

「為了您心上人的健康乾杯！」

「難道他，難道您有一位心上人嗎？」阿霞突然問。

「但誰又沒有心上人呢？」加京反駁。

阿霞沉思了一會兒，她的臉部表情又起變化了，又現出那種挑釁的、幾乎是不禮貌的笑。

返程回家的路上她又笑又鬧得更離譜了。她折斷了一根長長的樹枝，扛在肩上當槍，用紗巾纏了頭。我還記得，路上我們遇到了一大家子的英國人，一律淺色頭髮，拘謹迂腐。他們一大家子人彷彿聽到口令一樣，帶著一種冷靜的詫異，眼睛瞪得大大地目送阿霞，而她，彷彿就為了氣他們一樣，大聲唱起歌來。到家剛進門，她立刻就逕自回到自己房間去了，直到午飯開餐的時候才又露面，換上了她最好的裙子，頭髮梳得非常細緻，一身束腰緊身的服飾，長長的手套一直套到了手臂上。餐桌上她表現得非常彬彬有禮，幾乎有點迂腐，幾乎不吃東西，只勉強嘗嘗味道，從高腳杯中小口喝水。很顯然她這是要在我面前展露她的另一面——知書達理、有教養的貴族小姐的一面。加京沒掃她的興：顯然，任何事情他都嬌慣縱容她已然成為習慣。他只是時常善意地望著我，輕輕一聳肩，似乎想說：「她還是個小孩子，您就多體諒一下吧。」午餐剛一結束，阿霞起身站起來，對我們行了一個屈膝禮，就繫好了帽子，徵求加京的意見：她可不可以去找路易莎太太？

「你什麼時候問過我？」他回答，但這次在慣有的微笑中還帶些窘態，「莫非你跟我們在一起膩了？」

「沒有，只是昨天我答應了路易莎太太去她那裡的；況且我在想，你們倆單獨待一會兒更好：N先生（她指了指我）還能給你講些什麼呢。」

她說完就離開了。

「路易莎太太，」加京說，極力避開我的眼神，「本市前市長的遺孀，一位非常善良，並且十分單純的老太太。她一下子就喜歡上了阿霞。阿霞比較喜歡跟低一級階層的人打交道（我發現，這其中的原因始終是一種驕傲）。您也看見了，她被我寵壞了，」他沉默了一會兒，繼續說道：「您叫我怎麼辦呢？我從不會苛求誰，而對她就更不會了。我對她只能寬宏大量。」

我還是沒搭腔。加京換了一個話題。我瞭解他愈多，對他就愈加欣賞。我很快就完全瞭解了他。這就是一位純正的俄羅斯人，正直、誠實、單純，但遺憾的是有點懶散、缺乏韌性和內在的激情。他的青春沒能迸發出來，只是散發著微弱的光。他既可愛，又聰明，但是我無法想像，他成年後能成為什麼樣的人。當一個藝術家……不付出艱苦、長期的投入就不可能成為藝術家……而辛勞，我想，瞧他那單薄的身形，聽他那不慌不忙的腔調——不可能！而不勞動者不得食。可是若想不喜歡他是不可能的：心已經被他完全吸引住了。我們共同消磨了四個小時，不是坐在沙發上，就是在屋前慢慢散步；而正是這四個小時讓我們彼此成為了知己。

太陽下山了，我也該回家去了。阿霞還沒到家。

「她真是任性的丫頭！」加京說：「要不要我來送送您？路上我們可以繞到路易莎太太那裡，我要問問，她是不是在那裡？繞的路不多。」

我們下山到了城裡，拐進一條彎彎曲曲的窄巷，就停在了一棟房子前，它寬不過兩扇窗，卻有四層樓那麼高。樓的第二層比第一層伸向街面更多一些，而三層、四層向街面伸出得比第二層伸向街面還更多。整棟房子都是老舊的雕花，下面客廳有兩根粗柱子，還有陡立的瓦屋頂和頂樓像個鳥喙般探出來的部分，像極了一隻駝背的大鳥。

「阿霞！」加京喊道：「你在嗎？」

三樓一扇亮燈的窗戶響了一下就開了，我們看到了阿霞烏黑的腦袋。她的身後是一位牙齒掉光了、眼睛都快瞎了的德國老婦人。

「我在這裡，」阿霞回答，嬌媚地把手肘支在窗臺上，「我在這裡很好。這個給你，接著，」她接著說，將一枝天竺葵拋給加京，「想像一下我是你的心上人。」

路易莎太太笑了起來。

「N要回去了，」加京說：「他想跟你告別。」

「是嗎？」阿霞說：「這樣的話把那枝花給他吧，我馬上回家。」

她砰地一下關上窗戶，好像還跟路易莎太太行了吻別禮。加京默默地將那枝花遞給了我。我一言不發接過花，別在口袋，走到渡口，渡河而去。

我記得在回家的路上我什麼也沒有想，但是心情莫名地沉重，這時一股強烈、熟悉、但在德國又很少聞到的氣味刺激了我。我停下來，就看見路邊有不大的一畦大麻。它那草原的氣息剎那間就讓我想起祖國，從而喚起我內心濃烈的鄉愁。我多想呼吸俄羅斯的空氣，行走在俄羅斯的大地上。「我在這裡幹什麼，為何漂泊異國他鄉？」我喊了出來，這種我在心底感受到的致命重負突然變成了一種痛苦、椎心的激動情緒。

我回到家時的心情跟昨天完全不同。我感到自己幾乎被激怒了，很久都無法平靜。連我自己都搞不懂的懊喪擊垮了我。最後我坐下來，想起我那位壞寡婦（我的每一天都會以正式地想一下這位女士而結束），抽出一封她的信。但我甚至都不用打開它：我的思緒馬上就改變了方向。我開始想……想的是阿霞。我腦子裡還記起了加京談話中跟我提到的某些阻撓他返回俄國的障礙。「她真的是他的妹妹嗎？」我大聲地說。

我脫下衣服，躺好，努力要入睡，但是過了一小時我又從床上坐起來，手肘支在枕頭上，又重新想起這位「任性、總是緊張兮兮微笑的小姑娘」。「她簡直就像是法爾內西納別墅裡的那位拉斐爾式的小嘉拉提亞[11]，」我小聲地說：「是的，她不是他妹妹。」

而寡婦的那封信依然還放在地板上，在明月之下泛著白光。

# 5

第二天早晨我又去了L城。我說服自己我是為看加京而去，暗地裡卻是想去看看阿霞的反應，看她是否還會像頭一天那樣「行為古怪」。他們倆我在客廳都遇到了，真是奇異的事情！——正因為我夜裡和早上想念了俄羅斯那麼多——今天阿霞給我的感覺完全就是一位俄羅斯姑娘，樸素得幾乎像個女僕了。她身穿一件發舊的老式連衣裙，頭髮全都梳到耳後，坐得規規矩矩，在窗前的繡架上刺繡，賢慧、安靜，就好像這一輩子她沒做過別的事情一樣。她幾乎一句話都沒說，自顧自安靜地看著自己手裡的活計，此情此景如此難得、如此平凡，讓我情不自禁想起我們老家那些叫卡嘉和瑪莎的姑娘。好像是為了應和般，她開始小聲哼唱起〈媽媽，親愛的媽媽〉。我望著她那有點發黃、變得暗淡的臉龐，又想起昨天那些冥想，不由得暗自神傷。天氣好得出奇。加京向我們宣

11 法爾內西納別墅（義大利語：Villa Farnesina）是位於義大利羅馬的一座修建於文藝復興時期的別墅。眾多藝術家，包括拉斐爾等都曾在別墅留下自己的作品。而海之女神嘉拉提亞的肖像就是拉斐爾的繪畫作品。

布，他今天要去寫生。我問他，是否允許我陪著，我去了會妨礙他嗎？

「恰恰相反，」他回答說：「您可以給我提出好建議的。」

他戴了一頂范．戴克[12]式的小圓帽，穿上畫畫工作服，腋下夾著畫板就出發了，我慢慢地跟上他。阿霞留在了家裡。出門的時候，加京請她照看一下，別讓正在煮的湯太稀了，阿霞答應在廚房照看。加京到了我也熟悉的那個山谷，找塊石頭坐下，對著一棵樹幹上有個大洞、樹冠遮天蔽日的老橡樹畫了起來。我躺到草地上隨手抓起一本書，但我還沒讀上兩頁，他也才塗抹了一張草圖。我們更多的是在交流討論，可以說，我們的交流理性、縝密，我們談到了應該如何真正地下功夫，什麼應該盡量避免，什麼應該始終堅持，還有藝術家在我們當代具有哪些特別意義。加京最後承認他「今天沒有靈感」，跟我並排躺下，於是年輕人之間那種自由自在的談話很快就汩汩而出，時而熱烈，時而發人深思，時而興奮異常，但他幾乎又總是使用一種俄羅斯人特別愛用的模棱兩可的話語。聊夠了，並帶著一種我們完成了某件事情、達到了某種目標的那種滿足感，我們就回家了。我看到的阿霞跟我離開她時的樣子一模一樣，無論我怎樣努力留意觀察她——連賣弄風情的影子都不見了，故意角色扮演的跡象也沒被我發現，這一次要埋怨她扭捏做作的一點可能性都沒有了。

「喔——喔！」加京說：「自己開始齋戒和悔過啦。」

傍晚臨近時她好幾次都忍不住打起哈欠，並且早早地就回自己房間休息去了。不久我也跟加京道別，回到家之後，我腦子裡什麼都不想：這一天在一種清醒的感覺中度過。但我唯一記得的一件事情就是，躺下就寢時，我不由自主地大聲說：「這姑娘真是個變色龍啊！」又想了想，我還接了一句：「但無論如何她不是他妹妹。」

12 一五九九—一六四一，出生於安特衛普，比利時畫家，擅長巴洛克風格的宮廷肖像畫與宗教題材，是裝飾性肖像畫的創始人。

# 6

整整兩個星期過去了。我每天都去拜訪加京他們。阿霞似乎躲著我，不過再沒有出現我們認識後頭兩天那種讓我大吃一驚的淘氣行為。她顯得心有隱痛或難為情，笑得也少了。我還是好奇地留意觀察她。

她的法語、德語都講得很好，但處處表明，她從小就未曾得到女性的照料，所受的教育也是奇怪而不同一般的，與加京所受的教育絲毫沒有共同之處。加京儘管戴的是范・戴克式小圓帽，身穿工作服，他的身上依然散發著輕柔、半嬌生慣養、大俄羅斯貴族的氣息；而她不太像貴族小姐，她的言談舉止中始終有某種不安的東西存在：這棵野蘋果樹剛嫁接不久，這桶葡萄酒還有待養熟。她天性羞澀、脆弱，她懊惱自己的害羞，為了擺脫羞澀竭盡全力不惜做出誇張放肆、勇敢無畏的樣子，但並不總是成功。有幾次我想挑起話題談談她在俄羅斯的生活、她過去的事情：她對我的打探很不情願回答，但我還是瞭解到，她出國前很長一段時間都住在鄉下。有一次我見她在讀書，她兩手托頭，手指深深插在頭髮裡，兩眼貪婪地讀著。

「好！」我走近她的時候說：「您真勤奮！」

她抬起頭，鄭重並嚴肅地看了我一眼。「您以為我只會傻笑。」她說完就想溜走……我掃了一眼書名：那好像是一本法國小說。「可是您選的書目我不敢恭維。」我說道。「讀什麼書呀！」她嚷了起來，把書丟到桌上，繼續說：「這樣還不如出去玩呢。」說著就跑進花園去了。

還是那一天，晚上，我給加京朗誦《戈爾曼和多洛捷雅》[13]。阿霞一開始在我們中間鑽來竄去，後來忽然停下來，豎起耳朵，悄悄地坐到我身旁，一直聽到我朗誦結束。翌日，我又不認識她了，也猜不到到底是什麼跑進了她的腦子裡：她學起多洛捷雅的賢慧持家和穩重端莊來了。總之，她對我而言像是個謎。她自尊心極強，哪怕我對她生氣的時候，她也在吸引著我。只有一點我已經越來越確信：她不是加京的妹妹。他與她的關係不是兄妹之間的那種：太溺愛、太姑息，與此同時還有些「必須如此」的意味。

有一件奇怪的事情，顯然，證實了我的猜想。

一天晚上，走近加京他們住處的葡萄園時，我發現圍牆那扇小門鎖著。稍稍思考後我就跑到先前我發現的籬笆塌掉的一處缺口，跨進了他們家的院子。離這個缺口不遠，

---

13 歌德的一首長篇敘事詩。

在小路的一邊，有一座種滿刺槐的小亭子；我已經快要走到跟亭子平行並眼看幾乎快要經過時……阿霞的聲音突然嚇了我一跳，她一邊叫著，一邊哭著說：「不，我誰也不想去愛，除了你，不，不，我只想愛你一個人──永遠。」

「好啦，阿霞，別激動，」加京說：「我相信你，你知道的。」

他倆的聲音在涼亭裡散開。透過並不太密的樹枝縫隙，他們兩個我都看得清楚。他們沒發現我。

「愛你，愛你一個。」她反覆說著，撲過去纏著他的脖子，一邊帶著抽噎般的大哭一邊開始親吻他，拚命往他懷裡鑽。

「好啦，好啦。」他又說了一遍，輕輕地捋著她的頭髮。

有一會兒我呆呆地站在那裡……我猛然間醒悟過來。「走到他們前面去？……絕不！」我腦子裡一念閃過。我飛快地跑回籬笆牆缺口處，跳過去走到大路上，幾乎是一路跑著回到了自己家裡。我笑了笑，搓了搓雙手，仍然對突然間證實了我猜想的這件事情驚異不已（我一刻都不曾懷疑過這件事情的真實性），而同時我的心非常痛苦。「可是，」我在想：「他們倆可真會裝啊！但為了什麼呢？哄騙我有什麼好處呢？我沒想到他還留有這一手……那段深情款款的告白又算什麼呢？」

# 7

我睡得很不好，第二天早上醒得很早。我背上行囊，告訴房東說今晚不要等我，就步行沿Z城之河溯流而上，往山裡出發。這些山是「狗背」（Hundsrück）山脊的餘脈，在地理學關係上非常令人好奇，它們以玄武岩岩層的整齊劃一和純粹而聞名，但我對地理學上的研究沒有興趣。我也不清楚自己到底怎麼了，我唯一清楚的只有一點：我不想再見到加京他們了。我說服自己，我之所以突然對他心生厭惡，唯一的理由就是他們欺騙了我。誰在迫使他們以兄妹相稱？然而，我竭力不去想他們，我在群山和峽谷中不快不慢地徘徊遊蕩，在鄉村小酒館閒坐，跟老闆和房客友善地交談，或是躺到被太陽曬熱了的扁平石頭上小憩，看白雲飄浮，幸運的是天氣絕佳。有了這樣的消遣，我在山裡過了三天，並非全無樂趣，儘管我的心裡時不時還會一陣抽痛。我的心緒倒是跟那個地區寧靜的大自然十分諧和。

我把自己完全交給了順其自然的安靜遊戲，交給了紛至遝來的感受，這些感受從容地交替著從心底流過，最後留在那裡，這三天我看見的、我感受到的、我聽見的，所有的一切，都匯成了一個整體感覺：森林中松香淡淡的香氣，啄木鳥的鳴叫聲和啄木頭的聲音，陽光下溪流不知疲倦的閒談喧鬧，溪水的沙底游著的五顏六色的淡水鮭魚，朦朦朧朧的山巒天際線，陰鬱的懸崖峭壁，乾乾淨淨的小農莊和它令人肅然起敬的古老教堂、古樹，溼地中的白鸛，閒適的磨坊裡石磨不停地旋轉，穿藍坎肩、著灰色長襪的當地山民熱情好客，有時由肥碩大馬、有時又換成由乳牛拉著的慢條斯理的貨車嘎吱嘎吱地響，而在兩旁種滿蘋果和梨子的整潔道路上行走的還有年輕的長髮徒步朝聖者……

就是現在，我那時候的經歷和印象依然給我帶來愉快的回憶。你好啊，德國！那個樸素的小地方有著你簡單的快樂，到處可見你勤勞雙手的印記，堅忍而從容的日日勞作……向你和這個世界問好！

直到第三天快結束的時候我才回到家。我忘記說了，因為怨恨加京他們，我曾試圖將鐵石心腸的寡婦形象復活，但是我的努力徒勞無功。我記得，當我準備想像她的時候，我看見的是一位只有五歲左右的農村小姑娘，長著一張充滿好奇心的圓圓的臉蛋，一雙無邪的鼓鼓的大眼睛。她滿臉稚氣天真地望著我……她清澈的眼神令我汗顏，我不想在她的面前撒謊，幾乎是立刻就跟我以前的戀人作了最後、也是永遠的鞠躬告別。

回到家裡，我發現了加京留給我的便箋。我突然的決定令他大吃一驚，他嗔怪我為何沒帶上他，並請求我一旦回來就去他們家做客。我讀完這封便箋並不太高興，然而第二天我還是去了L城。

# 8

加京像老友一樣接待了我，給了我很多友善的責備，但阿霞，就像剛認識我那時一樣故意、無來由地狂笑不已之後，還是照舊立即跑開。加京很是尷尬，在她身後嘟囔說，她瘋了，請我諒解她。應該承認，我非常氣惱阿霞，本來我就氣到不行，現在又見到她這種不自然的傻笑、這些扭捏作態。但我還是裝出一副若無其事的樣子，一五一十跟加京報告了我這次小小旅行的所見所聞。而他也把我不在期間做了哪些事情講給我聽。但我們的談話進行得並不順利，阿霞從房間跑進跑出，最後我解釋說我有些急事得盡快回家處理。加京一開始挽留我，之後認真地看了我一眼，主動提出要送我。客廳裡阿霞突然走到我面前，一隻手伸給了我，我輕握了一下她的手指，勉強屈膝告辭。我和加京一起横渡萊茵河，經過那棵我最喜歡的白蠟樹和樹下的聖母小雕像時，我們在長椅上坐下欣賞美景。就在這裡，我們之間進行了一次非常出色的談話。

起初我們閒聊了幾句，隨後望著波光粼粼的河水，都陷入了沉默。

「請您告訴我，」加京突然發問，帶著一種他平日常見的微笑，「您怎麼看阿霞？您對她的印象一定有點奇怪，是這樣的嗎？」

「是的。」我回答得不無遲疑困惑。我沒料到他會談起阿霞。

「只有對她瞭解得一清二楚，才能準確評價她，」他說：「她的心地非常善良，但是有點莽莽撞撞。跟她相處很難。不過，別責怪她，特別是如果您瞭解到她的身世……」

「她的身世？」我打斷他，「難道她不是您的……」

加京向我看了一眼。

「您是否認為她不是我妹妹？……不，」他繼續說下去，沒注意到我的驚慌失措，「她就是我的妹妹，她是我父親的女兒。您聽我把話說完。我覺得您可以信賴，所以我把一切都告訴您。

「我的父親是一位非常善良、有智慧、受過良好教育的人——但他並不幸福。命運對他不比對其他人更壞，但命運給他的頭一次打擊就將他擊垮。他結婚早，戀愛結的婚，他的妻子、我的母親，婚後很快就去世了，母親走時我才六個月大。父親把我送到鄉下，整整十二年父親哪裡也沒去。他親自負責我的教育，從未跟我分開，假如父親的哥哥、我的親伯父，沒到鄉下來做客的話。這位伯父平常久居彼得堡，官職顯赫。伯父說服我的父親將我託付給他來栽培，因為父親無論如何也不願意搬離鄉下進城。伯父跟父親解釋，像我那個年齡的男孩子住在完全封閉的環境裡很不好，而且跟著一位我父親這樣鬱鬱寡歡、沉默寡言的導師，我必然會落後於我的同齡人，甚至我的習性也很容易被帶壞。父親很長時間都反對自己哥哥的諫言，最終卻還是讓步了。跟父親告別的時候，我哭了。我愛他，雖然從未在他臉上看到微笑……但一旦到了彼得堡，我很快就把我們那個陰暗而不快樂的窩給遺忘了。我上了一所士官寄宿學校，學校畢業後就轉入了近衛軍團候任。每年我都會回到鄉下待幾週，而我一年年地發現父親愈來愈憂鬱，沉浸在自己的世界裡到了脆弱的地步。他每天都去教堂，幾乎對說話都完全生疏了。

「有次我回家的時候（我那時二十剛出頭），我頭一回在我們家裡見到一位約莫十歲光景、瘦瘦的黑眼睛小女孩——阿霞。父親說她是被他領養的一個孤兒——他就是這樣說的。我並沒有特別注意她；她認生、敏捷、不太愛說話，像隻小動物一樣，我一走進我父親最喜歡的那間房間，巨大、光線昏暗的房間（那裡也是我母親去世的房間，大白天也會點著蠟燭），她立刻就會躲到父親的伏爾泰扶手椅或者書櫃後面。那之後的三、四年，我因為服役而無法住在鄉下。每個月我都會收到父親簡短的來信，他很少提到阿霞，就算提也是一帶而過。他儘管已經五十開外，但看起來跟年輕人一樣。突然，事先毫無徵兆，我接到家裡總管家的一封信，信中他報告了我父親病危的消息，懇求我，如果想給父親送終必須趕快返回家。您能想像得到我的驚恐。我風馳電掣地趕到家，父親還活著，但也只剩下最後一絲呼吸了。我突然出現讓他很高興，他用一雙乾瘦如豺的手摟著我，用一種既非探尋也不是懇求的眼神久久地看著我的眼睛，要我發誓會完成他最後的遺願，說著，就吩咐自己的貼身男僕領來了阿霞。男僕帶著她進來了：她勉勉強強地站在那裡，渾身都在發抖。

「『聽著，』父親吃力地對我說：『我現在把我的女兒——你的妹妹託付給你，雅科夫會把一切都告訴你，』他指著貼身男僕補充了一句。

「阿霞嚎啕大哭，臉朝下倒在床上……過了半個鐘頭，父親就去世了。

「這就是我知道的。阿霞是我父親和母親以前的女僕塔季雅娜生的女兒。我對這位塔季雅娜記得很清楚，記得她身材高䠷、勻稱，她面容美麗、端莊、聰明伶俐，一雙大大的黑眼睛。大家都公認她是個驕傲而不可接近的女孩。因為我從雅科夫恭敬又吞吞吐吐的話語中能夠明白，我的父親跟她走在一起是在我母親去世幾年之後的事情。那時，塔季雅娜已經不住在老爺的房子裡了，而是跟她已婚的姊姊、一位牲畜飼養員住在一間農村小木屋裡。父親被她深深迷住了，我被從鄉下送走之後他甚至想娶她，但她不同意做他的妻子，不理會他的求婚。

「『已故的塔季雅娜．瓦西里耶芙娜，』雅科夫站在門邊，雙手背在身後，跟我這樣稟報，『她明白事理，不願意讓您父親蒙受恥辱。我算是您的，她說，什麼妻子呢？我是個什麼貴族太太？她就是這樣說的，當著我的面這樣說的，少爺。』

「塔季雅娜甚至不願意搬到我們家住，她繼續跟她的姊姊生活在一起，帶著阿霞。而小時候我只有每逢節假日才能在教堂看到塔季雅娜。她頭上纏著一塊黑頭巾，披著一條黃色披肩，人群中她常站在窗戶附近，她端正的剪影在透明的窗玻璃上清晰可見，她謙卑又鄭重其事地祈禱，深深地鞠躬，一切都依照古老的儀規。伯父帶走我的時候，阿霞剛兩歲，而阿霞九歲那年，她失去了自己的母親。

「塔季雅娜一去世，父親就把阿霞接到自己家。他以前就表達過要把她帶在身邊的意願，但塔季雅娜連他這個要求也拒絕了。您可以想像一下，阿霞剛被領回貴族大宅的時候，她身上會發生的變化。她直到今天仍無法忘記她頭一次穿上絲綢連衣裙和人家親吻她小手的那個時刻。她母親在世的時候對她管教很嚴，而在父親這裡她享有完全的自由。他是她的老師，除了他，她見不到任何人。他沒有嬌慣她，也就是說並不溺愛她；但他非常疼愛她，所以從不違背她的任何要求：他打心底認為自己在她面前是個罪人。阿霞很快就明白了，她是家裡的重要人物，她還知道，主人就是她的父親，但她也很快明白了自己名不副實的地位，她的自尊心越來越嚴重扭曲，對他人的不信任也一樣，不良習氣生了根，單純消失殆盡。她希望（她向我承認過一次）讓全世界都忘記她的出生，她既為自己的母親羞愧，也為自己的羞愧而慚愧，於是又為母親驕傲。您看見了吧，她懂很多，並知道太多在她那個年紀本不該知道的……但難道這是她的錯嗎？她有著青春的活力四射，熱血奔騰，而身邊沒有一隻手能為她指點。一切都完完全全由自己做主！然而難道這是容易駕馭的事情嗎？她不想比別的貴族小姐差，她一頭栽進書堆裡。這又能成什麼器呢？錯誤地開始的生活，結果還是錯誤，但是她的心靈沒有受到汙染，慧根也得以保全。

「您看到了吧，我，以二十歲左右的小小年紀，糊裡糊塗就接手照管了一位十三歲的小女孩！父親過世後最初的那些日子裡，只要我咳嗽一聲，她渾身就像得瘧疾一樣發抖，我的呵護讓她煩透了，漸漸地她才適應了我。當然，當她隨後確認了我真的把她當成自己的妹妹並像愛妹妹一樣愛她的時候，她又無比依戀我：她的感情從沒有打過任何折扣。

「我把她接到了彼得堡。不論跟她分開我有多麼痛苦，我卻無論如何也不能跟她在一起生活，我把她安頓到一所最好的女子寄宿學校。阿霞明白我們必須分開，但剛分開她就生病了，差一點死掉。後來她才忍受下來，在寄宿學校生活了四年，但與我的期望相反，她幾乎跟上寄宿學校前沒什麼兩樣。寄宿學校的女校長總是跟我抱怨。『又不能處罰她，』女校長對我說：『來軟的她也不吃。』阿霞的領悟力非常好，學習成績比別人都優秀，但就是不太合群，固執、孤僻……我不能太過責備她：以她的處境來說，她要嘛會阿諛奉承，要嘛就是孤僻認生。所有的女同學裡面，她就跟一個難看而窮困潦倒的女生處得好。剩下跟她一起上學的那些貴族小姐，都是名門望族，但都不喜歡她，挖苦她，窮盡所能刁難她，阿霞對她們一絲一毫也不讓步。有一次上宗教法學的時候，老師說到了關於惡習的問題。『諂媚和怯懦——就是最壞的惡習。』阿霞大聲說道。總而言之，她就是我行我素，唯一好的一點是她的舉止變好了一些，儘管這方面她似乎也沒好太多。

「後來，她滿十七歲了，再讓她留在寄宿學校已無可能。我的處境十分艱難。突然我心生一計：退役，帶著阿霞一起到國外旅行一兩年。說到做到，您看，我和她一起來到了萊茵河邊，在這裡我努力學畫畫，而她……一如既往地任性胡鬧。但是現在我希望您別過於嚴苛地指責她。她儘管假裝什麼都無所謂，其實每一個人的意見她都很看重，特別是您的意見。」

加京又露出了他那安靜的微笑。我緊緊地握了一下他的手。

「一切就是這樣，」加京又說：「只是她真是我的麻煩。她真是個火藥桶。直到今天她還是對誰都看不上，但要是讓她喜歡上了，那才叫倒楣！有時候我都不知道怎麼跟她相處。前些天您知道她想出了個什麼主意：忽然要我確認，我是不是跟以前比起來對她冷淡了，還說她只愛我一個，這輩子只會愛我一個……說到這些的時候她就那樣放聲大哭起來……」

「原來如此……」我剛開口說，又咬住舌頭說不下去了。

「那您能告訴我，」我問加京——我們之間看來已需要開誠布公了，「她真的直到今天都沒有喜歡的人嗎？在彼得堡她應該見過不少年輕人的。」

「那些人她完全不喜歡。不，因為阿霞需要一位英雄，一個不同平常的人——或者像油畫上那樣的山谷裡英俊瀟灑的牧羊人。不過，我跟您聊得也太久了，耽誤您了。」他一邊說，一邊站起身。

「您聽我說，」我接過話，「我們到您家裡去吧，我還不想回家。」

「您要辦的事情呢？」

我沒做聲。加京善解人意地笑了笑，我們又回到了L城。一看到熟悉的葡萄園和山頂那棟白色的房子，我就有了某種甜蜜的感覺——是那種由衷的甜蜜。聽完加京說的話之後，我輕鬆多了。

# 9

阿霞在屋門口迎接了我們，我本以為又會看到她的微笑，但她顯得臉色發白、沉默、兩眼低垂。

「他又回來了，」加京打破沉默，「請注意，是他自己想回來的。」

阿霞狐疑地看了我一眼。我趁機把一隻手伸給了她，這一回我緊緊地握住了她冰冷的手指。

我是那麼憐惜她，現在我懂她很多了，而以前那些只會令我糊塗：她內心的不安、不能自制、喜歡炫耀——這些我都一目了然。我明白了為何這位古靈精怪的女孩吸引了我，並不僅僅是她瘦弱的身軀散發出來的半野性的魅力吸引了我，我還喜歡她這顆心靈。

加京開始忙著處理自己的繪畫，我提議阿霞跟我一起去葡萄園散散步。她馬上同意了，懷著高興和幾近順從的意願。我們下到半山腰，找了一塊很長的石板坐下來。

「我們不在的時候您不會孤單嗎？」阿霞開口說。

「那我不在的時候您孤單嗎？」我也問。

阿霞從側面看了我一眼。

「孤單。」她回答。「山裡好玩嗎？」她馬上轉了話頭繼續說：「山高不高？比雲彩高吧？告訴我您都看到什麼啦。您倒是跟哥哥說過了，但我什麼也沒聽見。」

「您自己要走開的。」我指出。

「我走開……因為……我這下不走開了，」她聲音裡有一種信任的溫柔，「您今天心情不好。」

「我？」

「對，您。」

「這從何說起，算了吧……」

「我不知道，但您生氣了，生著氣離開了。我很難過您那樣離開，我很高興您回來了。」

「我也很高興能回來。」我小聲說。

阿霞聳了聳肩，就像小孩子高興的時候常常做的那樣。

「喂，我會察言觀色！」她繼續說：「經常是這樣，我從隔壁房間爸爸的一聲咳嗽就能判斷爸爸今天對我是否滿意呢。」

直到今天之前阿霞一次都沒有跟我提過自己的父親。我感到很驚奇。

「您愛您的爸爸吧？」我剛一說完，突然發現，我臉紅了，這讓我十分難堪。

她什麼也沒說，臉也紅了。我們倆都默不作聲。遠處的萊茵河上駛過一條冒著濃煙的拖船。我們望著它。

「您怎麼不說話了？」阿霞嘀咕了一句。

「今天您為什麼看見我就笑？」我問。

「我自己也不知道。有時候我想哭，但我卻笑了。您不要……只憑我做的那些事判斷我和評價我。哎，說說看，羅蕾萊[14]的故事是怎麼回事？要知道，從這裡就能看見的那塊礁石就是她嗎？傳說，以前她能讓所有的人落水，但自從她愛上一個人之後，卻自己投河了。這個傳說糾正了我的看法。路易莎太太跟我講了許多各式各樣的故事。路易莎太太還養了一隻黃眼睛的黑貓……」

阿霞抬起了頭，甩了甩一頭鬈髮。

「啊，我感覺真舒服。」她說出聲來。

這時，一陣斷續而單調的聲音傳到我們耳邊。幾百個人的聲音合在一起用一種有節奏的節拍在反覆祈禱誦唱：一群擎著十字架和神幡的祈禱者在山下的路上行進……

14 羅蕾萊是萊茵河上一塊能發出回聲的懸岩的名字，後在民間傳說中被喻作一個美貌的女妖。據說有個少女因情人不忠，憤而投河，死後化為水妖，坐在這塊岩石上，一面梳頭，一面歌唱，用歌聲引誘船夫觸礁沉船。

「我們要不要跟他們一起走？」阿霞一邊說，一邊側耳聽著愈來愈微弱的祈禱聲。

「難道您也是虔誠的教徒嗎？」

「去到遠一點的隨便什麼地方，去祈禱、去完成一件艱難的壯舉，」她繼續說：「否則，時光荏苒，歲月如梭，而我們做了什麼呢？」

「您真有志向，」我說：「您要的是不能白活一場，要身後留名，雁過留聲……」

「難道這是不可能的嗎？」

「不可能。」我差點跟著她說……但我望著她明亮的眼睛，只說了一句：「加油吧。」

「請告訴我，」阿霞沉默一會兒後又開口了，沉默的時候不知道哪裡來的一片陰影遮住了她本已蒼白的臉，「您很喜歡那位太太吧……您還記得嗎，就是我們認識的第二天，哥哥在廢墟遺址那裡為她的健康乾了一杯？」

我笑了起來。

「您哥哥開玩笑的，我沒喜歡過哪位太太，至少現在還沒喜歡哪一個。」

「您喜歡哪一型的異性？」阿霞頭往後一仰，帶著天真無邪的好奇心問我。

「好奇怪的問題！」我喊出聲。

阿霞稍微有點不好意思。

「我真不該跟您提這樣一個問題，是這樣嗎？請原諒我，我腦子裡想到什麼，就聊個沒完沒了。正因為如此，我才害怕聊天。」

「上帝保佑，您說吧，別害怕，」我鼓勵她，「我太高興了，您終於不跟我認生了。」

阿霞垂下眼，輕輕地微笑了起來，我不知道她還會這樣笑。

「您繼續說呀，」她說著，捋了捋自己的裙子皺褶，在自己的腿上把裙子整理好，她坐得可夠久的了，「說話或讀點什麼吧，就像上次，您記得的，您為我們朗誦過一節《奧涅金》的……」

她忽然沉思了。

那裡現在只剩下十字架和樹枝的影子
長伴我臉色蒼白的媽媽！

她低聲念道。

「普希金的原詩裡不是這樣。」[15]我說。

---

15 普希金的長詩《奧涅金》中寫的是「乳母」，不是「媽媽」；下文中的「塔季雅娜」是長詩的女主角。

「而我多希望自己就是塔季雅娜。」她說的時候還是若有所思。「您說說吧。」她急切地說。

但我顧不上給她講故事。我望著她，整個人都沐浴在明媚的陽光裡的她、安靜的她，和溫柔的她。在我們周圍、我們腳下、我們頭上——天空、大地和河流，一切都洋溢著歡樂的氣氛，而空氣似乎也充滿了熠熠的光輝。

「您看，這多麼美好！」我情不自禁地壓低聲音說。

「是，太美了！」她也低聲回答，並沒看我，「要是我和您變成鳥兒的話多好呀，我和您就可以展翅高飛，在天空中翱翔……直到最後融入這一片藍色……可惜我和您變不成鳥兒。」

「但我們可以長出翅膀。」我反駁。

「怎麼會呢？」

「等您長大了——就會明白。有一些情感能將我們昇華，讓我們離開地面。別擔心，您會長出翅膀的。」

「您有翅膀了嗎？」

「怎麼跟您說呢……也許，我直到如今還未曾飛過。」

阿霞再次陷入了沉思。我稍微靠近了她一點。

「您會跳華爾滋嗎？」她突然問我。

「會跳。」我答道，有些迷惑不解。

「那我們快走吧，走吧……我請哥哥給我們奏一曲華爾滋舞曲……我和您就可以想像我們在飛，我們已長出了翅膀。」

她向房子那邊跑過去。我跟在她後面跑，過了一會兒，在拉涅爾甜蜜的舞曲聲中，我們已旋轉在一間窄小的房間中了。阿霞的華爾滋跳得很美，令人陶醉。她那少女般的端莊臉龐忽然顯露出某種輕柔而成熟的女性風韻。

過了好久，我的手臂還能感覺到她皮膚嬌柔的觸感，過了好久，我還能聽到她急促的、貼得很近的喘息，而蒼白但又因鬈髮亂飛而變得生動的臉上那雙幽深、專注、幾乎是閉著的黑眼睛也久久地在我面前夢幻般閃現。

# 10

整整這一天都過得不能再好了。我們快樂得像兩個孩子。阿霞非常可愛、單純。加京望著她也很高興。我很晚才離開，渡船到萊茵河中間的時候，我請船夫放船自流。老頭收起船槳，奔騰的河水一下子帶著我們向前走。望著四周，聽著，回憶著，我忽然感覺到了心裡一種神祕的不安……我抬眼望向天空，但天空並不寧靜：夜空滿天星斗，星星一直在眨著眼，在移動、在顫抖；我俯身向著河面……但在那裡，在那黑暗、冰冷的水深處，星星一樣在搖曳，在晃動，好像到處我都看得見這種令人不安的景象——我自己的不安也在增長。我將手臂支在船幫邊沿……我耳旁的風聲、船尾輕微的淙淙水聲刺激著我，波浪新鮮的溼氣並不能讓我冷靜。夜鶯在岸上歌唱，用牠這副甜蜜毒藥的歌聲感染我。眼淚在我眼眶裡打轉，但已不再是莫名喜悅之淚了。我所感覺到的，已不再是心在延展、在歌唱時的感受，已不再是當它覺得懂得一切、愛著一切時的那種模糊的、不久前還在經受的那種包羅萬千欲望的感受……不是！我的內心燃起了一股幸福的渴望。我還不能為此命名，但它正是幸福，極度的幸福——這就是我想要的，我所朝思暮想的……船還在順流而下，船夫老頭坐著，低著頭伏在船槳上打瞌睡。

# 11

第二天我去加京家的時候，我沒問自己是不是愛上了阿霞，但我總是想著她。她的命運占據了我，我為我們突如其來的親近而開心。我覺得，我從昨天開始才瞭解了她，而在那之前她總是躲著我。現在，當她終於在我面前敞開心扉，她的形象是多麼被迷人的光線所籠罩，而她於我是多麼煥然一新的形象、她的魅力多麼透過這神祕的形象羞澀地顯現出來……

我精神飽滿地走在熟悉的路上，不斷地望著遠處閃著白光的房子，我不單沒考慮過未來，我甚至連明天都沒考慮，我非常快樂。

我走進房間的時候，阿霞的臉一陣緋紅，我注意到她又仔細打扮了一番，只是她臉上的表情跟她的服飾不協調：她的表情有些憂傷。而我是如此快樂地到來！我甚至覺得，她又要像平時那樣準備跑開，但盡量忍住——最後留下了。加京正處在藝術家那樣特殊的狂熱和躁動狀態中。通常藝術造詣不深的人，當他們想像自己終於按照他們的說法「抓住了自然界的尾巴」的時候，他們身上就會突然發生這種狀況。他站在一塊鋪開的畫布前，頭髮凌亂，渾身弄得花花綠綠，在畫布上動作很大地作畫，幾乎是惡狠狠地對我點了一下頭，接著就後退一步，瞇著兩眼，又重新一頭撲到了自己的畫上。我也不準備打擾他，就坐到阿霞旁邊。她黑亮的眼睛慢慢轉向了我。

「您今天跟昨天不一樣了。」幾番想讓她笑一笑的努力化為泡影之後，我說。

「不，不一樣了，」她用一種不急不慢的低沉聲音回答，「但這沒關係……我睡得很不好，想了一個晚上。」

「想什麼呢？」

「唉，我想的事太多了。小時候我就有這種習慣：我跟媽媽一起生活的那個時候就開始了……」

她吃力地說出「媽媽」這個詞，接著又說了一次：

「我跟媽媽一起生活的時候……我想，為什麼沒有人能夠知道自己的未來，而有時眼見不幸發生——卻又無法逃離。還有為什麼從來都不能說出所有的真話？……後來我還想，我什麼也不懂，我應該去學習。我應該再接受教育，我以前受的教育太差了。我不會彈鋼琴、不會畫畫，縫紉也不好。我沒有任何專長，跟我在一起的人一定覺得乏味無趣極了。」

「您對自己的評價太不公平，」我反駁她，「您讀了很多書，您受的教育很好，再加上您的聰慧……」

「我聽明嗎？」她帶著一種天真的渴望問我，以至於我都笑出了聲，但她一點也沒笑。「哥，我聽明嗎？」她又問加京。

他一句話也沒回答她，繼續畫畫，不停地換畫筆，手臂高高舉起。

「有時候我自己也不知道腦子裡裝了些什麼，」阿霞繼續帶著那種沉思的模樣說：「我有時候都害怕自己，真的。唉，我真想……這是真的嗎，女人不該讀太多書？」

「讀太多沒必要，只是……」

「告訴我，我該讀些什麼書？告訴我，我該做些什麼事？只要您說，我都會做的。」她補充說道，帶著一種天真的信賴看著我。

我一下子找不到合適的話跟她說。

「您跟我在一起是不是覺得無聊？」

「不會呀。」我說。

「好吧，謝謝！」阿霞說：「而我還想著，您會無聊呢。」

於是她暖乎乎的小手緊緊地握了一下我的手。

「N！」正在這時，加京喊了起來，「這個背景色是不是有點偏暗？」

我走到他面前去。阿霞站起身，走出去了。

# 12

過了一個小時，她返回來，站在門口，招手喚我過去。

「您聽著，」她說：「假如我死了，您會為我惋惜嗎？」

「今天您這都是些什麼念頭啊！」我大聲說。

「我老想著自己快死了，有時候我覺得，我周圍的一切都在跟我告別。這樣活著，還不如死……唉！別這樣看著我，我真的不是在假裝。不然的話我又會怕您了。」

「難道您怕過我嗎？」

「假如我是如此古怪，我，說真的，也是無辜的，」她說：「看到了吧，我已經都不會笑了……」

直到晚上她都是一副憂傷而滿腹心事的樣子。她一定是出什麼事了，而我又無法理解。她的目光常駐留在我身上，我的心在她謎一般的注視下悄悄地揪成一團。她看起來平靜如水，而我望著她，一直都想跟她說不要激動。我欣賞她，在她略顯蒼白的臉上，在她躊躇、緩慢的步履中我發現了一種令人怦然心動的魅力——而她不知為何，卻覺得我有點心情不好。

「聽我說，」我快要告別時她跟我說：「有個念頭一直折磨著我，那就是您把我看成一個舉止輕浮的人……請您相信我將要跟您說的話，只是需要您也跟我開誠布公。我向您保證，我將永遠跟您說真話……」

這個「保證」又一次讓我笑出了聲。

「啊，請您不要笑，」她急切地說：「否則，我就要說您昨天跟我說的那句：『您為什麼笑？』」停了一下，她又說道：「您還記得嗎，您昨天說到翅膀？……翅膀我長好了——卻無處可飛。」

「哪會呢？」我說：「所有的路都隨您走。」

阿霞專注而殷切地看著我的眼睛。

「您今天看不起我。」她說完，皺起眉頭。

「我？看不起您？……」

「你們怎麼都愁眉苦臉的，」加京打斷我，「要不要我跟昨天一樣，幫你們彈一首華爾滋？」

「不用，不用，」阿霞不願意地握緊了拳頭，「今天怎麼都不行！」

「無論如何都不行。」她又說了一遍，臉色煞白。

……

「難道她愛上我了？」我這樣想著，慢慢走到黑色波浪急速翻滾的萊茵河邊。

# 13

「難道她愛上我了？」第二天剛醒來，我就在問我自己。我不願意探察自己的內心。我感到，她的形象、「帶著不自然微笑的少女」的形象，已經深入我心，使我無法與它分開。我又去了L城，並在那裡待了一天，可是與阿霞只匆匆見了一面。她不太舒服，頭痛。她下樓來，纏著額頭，臉色蒼白，瘦削，眼睛幾乎睜不開，她無力地笑了笑，說：「會過去的，沒什麼，一切都會好的，不是嗎？」說完就離開了。我無聊極了，感到憂鬱、空虛，可是我還是不想離開，很晚才回家，那天再也沒見到阿霞。

第二天清早，我依然是在一種半夢半醒的狀態中度過的。我想做點事情——做不成，只想什麼也不做、什麼也不想……連這樣也不行。我在城裡東遊西逛，回到家，又出門了。

「您是N先生嗎？」我身後忽然響起一個小孩的聲音。我回頭一看，發現一個小男孩站在我面前。「這是Annette[16]小姐給您的。」他說著遞給了我一張紙條。

我打開紙條——就認出了阿霞不整齊的潦草字跡。「我必須馬上見您，」她這樣寫給我，「今天下午四點，到遺址附近路上的石頭小教堂來。我今天犯了一個大失誤……

您一定要來，看在上帝的分上，您會知道一切……告訴送信人：好的。」

「您有回覆嗎？」小男孩問我。

「你就說：好的。」我回答。

小男孩跑開了。

# 14

我回到自己的屋裡，坐下來，思緒萬千。我的心跳得非常劇烈。阿霞的字條我讀了好幾遍。我看了一眼時間：還不到十二點。

門被推開了——進來的是加京。

他一臉愁雲。他一把抓住我的手，緊緊地握著。他顯得非常激動。

「您怎麼啦？」我問。

加京找了一把椅子，在我對面坐了下來。

「星期四，」他違心地笑了一下，遲疑地說：「我的故事讓您嚇了一大跳，今天我會讓您更驚訝。要是對別的人，很可能，我下不了這個決心……這麼開門見山……但您是一個品德高尚的人、您是我的朋友，對吧？請聽我說：我的妹妹、阿霞，愛上了您。」

我渾身一抖，站了起來……

---

16 法語：安涅特。

「您的妹妹，您說……」

「是的，是的，」加京打斷我，「我跟您說，她是個瘋子，還要把我弄瘋。但是，幸好她不會撒謊——並信任我。啊，誰知道這姑娘的一顆心到底裝著什麼……但她會害死自己的，一定會的。」

「您錯了。」我說。

「不，我沒說錯。昨天，您知道的，她幾乎躺了一天，什麼也沒吃，可是也沒抱怨……她也從來都不抱怨。我並沒擔憂，儘管臨近傍晚時她的體溫稍稍有點高。今天凌晨兩點，我們的女房東叫醒了我。『快，』她說：『快到您妹妹那裡去：她好像病了。』我跑到阿霞那裡，看見她衣服還穿著，打著寒顫，滿臉淚水；她的額頭發燙，牙齒打顫。『你怎麼啦？』我問她：『你病了嗎？』她撲上來摟住我的脖子，開始央求我帶她離開，越快越好，假如我還想讓她活命的話……我一頭霧水，盡量安慰她……她哭得更凶了……忽然從她的哭訴中我聽見了……這麼說吧，一句話，我聽見了她說她愛您。請您確信，我和您，都是非常理性的人，我們都無法想像，她是怎樣深刻地感受以及帶著一種怎樣不可思議的力量讓這些切身感受表現出來，發生在她身上的這件事情如此出乎意料，像一場雷暴般席捲她。您非常親切，」加京繼續說：「但她為何這樣愛您，這個，我承認，我無法理解。她說，她第一眼見到您就被吸引了。這就是為何她這幾天都在哭，她要我相信，除了我，她誰也不想去愛。她想像的是，您會瞧不起她，您可能知道了她的身世，她問我有沒有跟您講過她的故事，而我當然說沒講過，但她的直覺——簡直準確得可怕。她只想著一件事情：逃離，馬上逃離。我陪她坐到天亮，她要我保證，保證明天我和她必須在這裡消失，得到保證的時候她才睡著。我想了又想，還是決定——和您談談。我想，阿霞說得對：最好的解決辦法就是我和她兩個人從這裡離開。要不是有一個阻止這個決定的念頭在我腦海裡閃現，我今天就已經帶她走了。也許……說不定——您喜歡我妹妹嗎？如果是，我又憑什麼帶走她呢？我就這麼決定了，將所有的羞愧拋開……與此同時，我自己還發現了一些事情……所以我想……跟您打聽……」可憐的加京一臉尷尬。「請原諒我，」他說：「我不習慣說這麼麻煩的事情。」

我拉起了他的手。

「您想知道，」我語氣肯定地說：「我是否喜歡您的妹妹？是的，我喜歡她。」

加京盯著看了我一眼。

「但是，」他遲疑了一下，又說：「您不會跟她結婚吧？」

「不知道您期望我怎麼回答這樣的問題？您自己想想看，難道我現在就能……」

「我知道，知道，」加京打斷我，「我沒有權利要求您回答這個問題，而且我提的問題——已經非常不禮貌了……但我能怎麼辦呢？絕不能玩火。您不瞭解阿霞，她會生病，會逃走，想跟您約會……別的女孩會掩飾一切，靜靜等待——但她不會。這是她的第一次——不幸就在這裡！假如您看到她今天怎樣跪在我的腳下大哭，您就會理解我的這些擔心。」

我不禁沉思起來。加京說的「跟您約會」這句話像針一樣扎到我的心上，假如我不能跟他以誠相待未免太可恥了。

「是的，」我終於說道：「您說得對。一個鐘頭之前，我收到了您妹妹的一張紙條。就是它。」

加京接過紙條，飛快地看了一遍，就將兩手放在膝蓋上。他臉上驚訝的表情十分滑稽可笑，但我哪裡還有笑的心情。

「您是一位，我再說一遍，高尚的人，」他說：「但現在如何是好？怎麼辦？她自己要離開，還給您寫信，責備自己不謹慎的行為……真不知道她哪來的時間給您寫信？她又到底想從您那裡得到什麼答案？」

我安慰加京，接著我們開始盡可能冷靜地討論我們該如何應對。

最後我們是這樣定下來的：我應該去赴約，以防不測，並誠懇地和阿霞解釋清楚；加京要在家裡等待，還要裝出對她寫信這事不知情的樣子。我們打算晚上再碰頭。

「我全靠您了，」加京說完，又用力握了一下我的手，「請體諒她，還有我。但明天我們還是要離開，」他站起來，補了一句：「因為您已說了不會娶阿霞。」

「再給我一點時間，到晚上再說吧。」我說。

「好吧，但您還是不會跟她結婚。」

他走後，我跌進沙發，閉上了眼睛。我有點昏頭轉向：太多有關她的回憶一下子全都向我湧來。我抱怨加京的坦誠，我也埋怨阿霞，她的愛情讓我快樂也讓我不堪。我不明白是什麼使得她要向她哥哥全都和盤托出，我必須迅速地、幾乎是在瞬間就做出決定，這撕裂著我的心……

「跟一個像她這樣脾氣的十七歲小姑娘結婚，這不可能！」我說完，站起身來。

# 15

## 一

快到約定的時間了，我已渡過萊茵河，對岸等著我的頭一個人就是大清早找過我的那個小男孩。看得出來，他正在等我。

「Annette[17]小姐給您的。」男孩小聲說完，又遞過來另一張紙條給我。

阿霞通知我見面的地點改了。我必須過一個半小時後再到路易莎太太的家裡去，而非小教堂，到了後在樓下敲門，再直接上三樓。

「還是回覆『好的』？」小男孩問我。

「好的。」我跟著說完，沿著萊茵河走去。

沒時間回家，我又不想在街上閒逛。城牆後面一個小公園那邊有個遮陽棚，供喝啤酒的人玩保齡球。我走了過去。幾個上了年紀的德國人正在打保齡球，木製的保齡球劈里啪啦地在球道上滾動，時不時傳來叫好聲。一位相貌姣好的女服務員為我打來了啤酒，眼睛顯然剛哭過，我不禁看了一下她的臉。她很快背過身走開了。

「是啊，」旁邊坐著的一個胖嘟嘟、面孔紅撲撲的人說：「我們的漢森今天很傷心：她的未婚夫入伍服役去了。」

我看了她一眼，她蜷縮到一角，用手捂住臉，眼淚從指縫一滴滴落下來。有人喊著要啤酒，她送過去一杯，又回到自己的位子。她的痛苦也感染到了我，我開始想著我即將面對的約會，可是我的思緒是不安且不愉快的。這次赴約，我的心情並不輕鬆，我所面對的並非相互愛慕的愉悅，而只是履行諾言，完成一項艱難的職責。「絕不能玩火」——加京的這句話像箭一般直中我心。而星期四在小船上，我不也為灼熱的幸福而受盡煎熬嗎？當幸福成為可能——我卻開始搖擺不定，我退縮了，我只能將幸福推向一邊……它的突然降臨讓我陷入難堪境地。阿霞本人，她衝動的性格，她的身世，她的教育背景，這個討人喜歡但又古靈精怪的可憐人兒——我承認，她真嚇到我了。我內心掙扎了很久。約定的時間快到了。「我不能跟她結婚，」我終於決定了，「我不會讓她知道我也愛上了她。」

我站起來——在可憐的漢森手心裡放了一塊塔列爾大銀幣[18]（她甚至都沒謝謝我），就往路易莎太太家走去。天色漸晚，漸漸暗淡起來的街上竟映射出一條窄窄的血紅色光

---

17 見前注，法語：安涅特。

18 德國十七至十九世紀的貨幣單位，硬銀幣，折合三個紙馬克。

帶。我輕輕敲了一下門，門馬上就被拉開了。我踏進門檻，站在一片漆黑中。

「往這邊走！」我聽到一位老太太的聲音。「一直在等您呢。」

我摸索著邁了兩步，一隻瘦骨嶙峋的手拉住了我的手。

「您是路易莎太太吧？」我問。

「是我，」還是那個聲音回答我：「是我，我可愛的年輕人。」

老太太拉著我沿著有點陡的樓梯往上爬，在三樓的樓梯間停了下來。透過小窗戶微弱的光線，我看到了市長遺孀那張滿是皺紋的臉。她瞇著一雙渾濁無光的眼睛，深陷的嘴唇露出一種甜得發膩而又狡黠的笑意。她向我指了指一扇小門。我顫抖地推開她的手，走進去反手關上了門。

# 16

我走進去的那間小屋光線很暗，所以並沒有馬上看到阿霞。她把自己裹在長長的披肩裡，坐在窗前的一把椅子上，背對我，像一隻驚恐的小鳥埋住了幾乎整個頭部。她呼吸急促，整個人都在發抖。我對她有一種說不出的憐惜。我走近她面前。她把頭扭得更遠了……

「安娜．尼古拉耶芙娜。」我跟她打招呼。

她整個人忽然挺直身體，想看著我——但不敢看。我抓起她的一隻手，她的手那樣冰冷，在我的手心裡那隻手好像已經死去。

「我想……」阿霞開口說，努力想笑，但她發白的嘴唇不聽她使喚，「我想……不，我不能。」她剛說了這幾個字就又不出聲了。這是真的，她的每一個字說得都不連貫。

我靠著她坐下來。

「安娜．尼古拉耶芙娜。」我只是叫她，卻再說不出其他話來。

沉默。我一直握著她的手，看著她。她仍然跟先前一樣整個人都蜷縮著，呼吸不暢，輕輕地咬著下嘴唇生怕哭出聲來，竭力忍住滿眼的淚水……我望著她，在她怯生生的靜止不動中有一種令人觸動的無助之感：好像因為虛弱，她勉強才挪到椅子後，然後就癱坐在了那裡。我的心軟了……

「阿霞。」我的聲音勉勉強強聽得見……

她慢慢地抬起眼睛望著我……噢，那樣的眼神，一種墜入愛河的女人的眼神，誰能向你描述呢？這雙眼睛，它們懇求，它們值得信賴，它們詢問，它們表示馴服……我無法抗拒它們的魔力。一股小火苗像灼熱的針一樣傳遍我的身體，我彎下身去用力吻她的手……

傳來一陣戰戰兢兢的聲音，好像斷斷續續的歎息。我感到有一隻軟綿綿而戰慄的手像一片樹葉一般摩挲著我的頭髮。我抬起頭，望著她的臉龐。它突然完全變了！恐懼的表情從那裡消失，她的目光游離得很遠，依然吸引著我。嘴唇微微張開，額頭如大理石般光潔，一頭鬈髮都束到了後面，好像是風把它們刮過去的一樣。我忘記了一切，我把她拉向我——她的手不再抗拒，整個身體跟著她的手移過來，披肩從肩頭滑落，她的頭悄悄地、輕輕地靠向我的胸前，靠在我滾燙的嘴唇下方……

「我是您的……」她喃喃地說，聲音低得勉強聽得到。

我的手就在她身上輕快地滑過……但突然加京的那番話又像一道閃電打在我的身上。

「我們該怎麼辦啊！……」我歎了一聲，痙攣著身體往後靠，「您哥哥……可已知道了一切……他知道我跟您在這裡。」

阿霞癱倒在椅子裡。

「是的，」我接著說，一邊起身走到房間的另一角，「您哥哥知道一切……我不得不告訴他一切。」

「不得不？」她有點聽不明白。看得出來，她還沒有恢復過來，所以不能十分明白我的意思。

「是，是，」我反覆地說，語氣中帶著某種冷酷，「這方面全怪您，就怪您一個。您幹嘛自己要把祕密公開？是誰叫您把這一切都跟您哥哥說？他今天也找我了，還把您跟他說的話全都跟我說了。」我盡量不看阿霞，一邊在屋裡踱著大步，「現在一切都完了，完了，完了。」

阿霞一下從椅子上站了起來。

「您別動，」我喊道：「您別動了，求您。您是在跟一個誠實的人，對，就是跟一個誠實的人在說話。可是，看在上帝的面上，什麼事情讓您激動成這個樣子？您看到我有什麼變化了嗎？而您哥哥今天找我的時候，我無法跟他隱瞞什麼。」

「我幹嘛要說這種話？」我自己想著，一種我是一個不道德的騙子的想法在我腦子裡嗡嗡響，而想到加京已知道了我們約會，想到一切都被曲解、被暴露了，我的腦袋都炸開了。

「我沒叫哥哥去，」阿霞怯生生地小聲說道：「他自己去找您的。」

「您看看，您都做了些什麼好事，」我說：「現在您倒只想著離開……」

「嗯，我必須離開，」阿霞的聲音還是那麼小，「只是特別為了跟您告別，我才請您來這兒的。」

「您還以為，」我說：「我能輕鬆地跟您分開？」

「可是您為什麼要跟哥哥說呀？」阿霞又疑惑不解地說了一遍。

「我告訴您，我別無他法。倘若您自己沒有暴露自己想法的話……」

「我把自己反鎖在了房間裡，」她回答得很單純無辜，「我沒想到，房東還有另一把房門鑰匙……」

這個天真的說詞出自她的口中，那個時候差一點就讓我勃然大怒……直到現在，我每每回想起此事，內心都不無感動。可憐、老實、真誠的孩子啊！

「但現在一切已為時太晚！」我又說：「一切都晚了。現在我們只能分開。」我偷偷地看了一眼阿霞……她的臉一下子紅了。我能感覺到，她又羞又怕。我自己說著話走來走去，好像害了熱病一樣。「您沒有讓剛剛開始的戀情有慢慢發展的時間，您自己扯斷了我們之間的聯繫，您對我不信任，您懷疑我……」

趁我說話的時候，阿霞的身體越來越往前傾倒——最後突然雙膝跪倒，雙手抱頭，嚎啕大哭起來。我跑向她，想拉她起來，但她不肯。我受不了女人的眼淚，她們一哭，我就無法克制自己。

「安娜．尼古拉耶芙娜、阿霞，」我不停喊她：「不要這樣，我拜託您了，看在上帝的面上，別哭了……」我再抓住她的手……

但是，令我萬萬沒想到的是，她突然跳了起來——像一道迅疾的閃電般衝向門口，瞬間就消失不見了……

等過了幾分鐘，路易莎太太走進房間的時候——我還愣在房間中央，簡直像被雷劈過一樣。我不理解的是，為何我們的約會如此迅速、如此愚蠢地結束了，在我還沒說出我想說、我應該說的話的百分之一的時候，在我自己還不知道該如何做決定的時候，就這樣結束了……

「小姐走了嗎？」路易莎太太詢問我，她微微挑起的黃眉毛快連上了她的假髮。

我像個傻瓜一樣看了她一眼——逕自走出了屋外。

# 17

我跑出了城，一直跑到了田野上，沮喪、椎心的懊惱囓咬著我。我不斷責備自己。我怎麼會不明白迫使阿霞更換我們約會地點的原因！也未判斷為何她要不惜一切代價跑到那個老太太家裡！怎麼我就沒能留住她！我們倆單獨待在那個漆黑一片、只有一點濛濛亮的房間裡，我居然有力氣、也有心情，將她從自己身邊推開，甚至還責怪她。現在她的影子一直跟著我，我請求她的原諒。想起她那蒼白的面孔，想起她水靈靈、閃亮亮的大眼睛，她一頭濃密的頭髮，還有她的頭輕輕依偎在我的胸口——回憶在灼烤著我。「我是您的……」——她的低語我還能聽見。「我憑良心做事」，我說服我自己……不對！難道這就是我想要的結局嗎？難道我可以跟她分手嗎？難道我該失去她嗎？「我就是個瘋子！瘋子！」我一遍又一遍忿恨地說……

夜幕降臨。我邁開大步朝阿霞住的房子走去。

# 18

加京走出門來迎接我。

「您看見我妹妹了嗎？」遠遠地他就對我喊。

「難道她不在家？」我問。

「不在。」

「她沒回來過嗎？」

「沒有。是我的錯，」加京接著說：「真受不了：跟我們說好的結果相反，我去了小教堂那裡，那裡沒她。是不是，她就沒去？」

「她沒去小教堂。」

「那您看見她了嗎？」

我只得承認我見過她了。

「在哪裡？」

「在路易莎太太那裡。一個小時前我才跟她分開，」我說：「我相信她一定是回家了。」

「我們再等等看吧。」加京說。

我們走進屋，並排坐下來，都沒說話。我們兩個都顯得有點不自在。我們不停地張望，不住地看向屋門口，豎著耳朵聽。終於，加京站了起來。

「這樣乾等可不行！」他喊了起來，「我心神不定。上帝啊，她可要了我的命啊……我們還是去找找她吧。」

我們走出門。但外面天完全黑了。

「您到底跟她說了什麼？」加京問我，一邊把帽子壓低到跟眼睛齊平。

「我跟她總共就見了五分鐘左右時間，」我回答：「我照我們商量好的話跟她說的。」

「您知道嗎？」他又說：「最好我們分開找，這樣才有可能盡快碰到她。不論發生什麼，一小時後再回來這裡碰頭。」

# 19

我急急忙忙從葡萄園一路下行，直奔城裡。我跑遍了所有的街巷，所有的地方都找了，甚至路易莎太太的窗戶裡面都看了，回到萊茵河邊，沿著河堤一路奔跑……有時我遇到一些女人模樣的身影，但連阿霞的影子都沒看到。已經不是懊惱噬咬我了，而是隱隱的恐懼折磨著我，並且我感到的還不單單是恐懼……不，我感到了悔恨，感到了最炙熱的同情，感到了愛──對！最溫柔的愛。我絞著手，在愈加深沉的黑夜裡呼喊阿霞，剛開始是小聲呼喚，後來喊的聲音越來越大。我喊了一百遍我愛她，我發誓跟她永不分開，只要能再次握住她冰冷的小手、再次聽見她輕柔的聲音，再次看到她現身眼前，我願意付出世間擁有的一切……她曾如此親近，她懷著全部的決心、天真無邪的心靈與情感來到我身邊，她給了我純真的青春……但我沒能擁她入懷，我失去了那種至高至純的幸福，那種能看到她親愛的臉龐盛開著狂喜的歡愉和寧靜的無上幸福……想到這裡，我都快瘋了。

「她能夠去哪裡，又能做什麼呢？」在束手無策的失望煩惱中我喊道……忽然，就在岸邊，像是有個白色的影子一閃。我認得這個地方，那裡，一座七十年前落水溺亡者的墓穴之上，豎著一塊一半埋在土裡、刻著古老碑文的石頭十字架。我的心幾乎停止了跳動……我跑到十字架前面：白色的影子不見了。我大聲呼喊：「阿霞！」野獸般的喊聲把我自己也嚇到了——但沒有一個人回應我……

我決定去打探加京到底找到她沒有。

# 20

我急急忙忙地沿著葡萄園拾級而上，我看到了阿霞房間的燈光亮著……這讓我稍微安下了心。

我走近房子前面，下面的大門緊鎖，我敲了敲門。下一層暗著燈的窗戶小心翼翼地打開了，探出加京的一顆腦袋。

「找到她了嗎？」我問他。

「她回來了，」他小聲回答我：「她就在自己的房間裡，換著衣服呢。一切正常。」

「感謝上帝！」帶著一種無法言說的狂喜我喊了出來，「感謝上帝！現在萬事順利啦。但您也知道，我們得再談一談。」

「再找時間吧，」他一邊說，一邊將窗戶輕輕拉上，「再找時間，現在再見啦。」

「明天見，」我說：「明天一切都可以解決。」

「再見。」加京又告別一次。窗戶就關上了。

我幾乎要去敲窗戶了。我想馬上就告訴加京，我要向他妹妹求婚。但現在這個時刻這樣子求婚……「等到了明天，」我想：「明天我將會幸福……」

明天我將會幸福！幸福沒有明天，幸福也沒有昨天，幸福不記得過去，也無須考慮未來，幸福只有現在——有也不是一天，而是一剎那。

我已記不得自己是怎樣回到Z城的。不是我的兩腿走回來的，不是渡船載我回來的：而是一雙很大、很有力的翅膀馱著我飛回來的。我經過一叢灌木，有一隻夜鶯在歌唱，我停下來聽了很久：我感覺，那隻夜鶯是在歌唱我的愛情和我的幸福。

# 21

第二天早上，當我快靠近那棟熟悉的房子時，眼前的情景讓我嚇了一跳：屋裡所有的窗戶都大開著，大門也敞開著；門檻那邊還有一些紙片亂堆著；門後面有一位拿著掃帚的女僕。

我向她走過去……

「都搬走了！」她突然丟了這麼一句，還沒等我問她加京是否在家。

「都搬走了？……」我重複說：「怎麼就搬走了？搬去哪裡了呢？」

「今天一早搬走的，六點鐘，但沒說去哪裡。等等，莫非您就是N先生？」

「我就是N先生。」

「女主人給您留了一封信。」女僕上樓去，回來時拿著一封信，「這就是，先生，請收下吧。」

「這不可能……怎麼會這樣？……」我說。

女僕遲鈍地看了我一眼，又繼續掃地去了。

我展開信，是加京寫給我的，阿霞一個字也沒寫。信的開頭他請我對他的不告而別不要生氣，他相信，經過深思熟慮後，我會贊同他的決定。他找不出更好的辦法以擺脫可能導致窘困和危險的處境。「昨天晚上，」他寫道：「在我們默默等著阿霞回來的時候，我就最終確定我們必須分別。有一些成見我是尊重的，我理解您無法跟阿霞結婚。她全告訴我了，為了安撫她，我只能一而再、再而三地懇求她讓步。」信的結尾處他對我和他的來往這麼快就被迫中斷表示歉意，並祝我幸福、親切地握我的手，還請我不要設法找他們。

「什麼樣的成見？」我喊起來，就好像他能聽到我一樣，「簡直是無稽之談！誰有權利將她從我這裡偷走……」我拚命抓扯自己的頭髮……

女僕開始大聲喊房東太太：她的喊聲讓我恢復了理智。我的心裡只燃起一個念頭：去找他們，無論如何都要找到他們。遭此打擊、和這樣的結局妥協，萬不可能。我從房東太太那裡瞭解到，他們清晨六點就搭上了一條輪船，沿萊茵河順流而下。我到了碼頭售票處：在那裡，人家告訴我，他們買了去科隆的船票。抱著可以立即收拾行李搭船跟上他們的想法，我趕回家去。回家的路上一定得經過路易莎太太門口……忽然我就聽到：有個人在喊我。我一抬頭，就在昨天我跟阿霞見面的房間的窗戶看到了市長的遺孀。她敵意地對我笑了一下，一邊喊著我。我正要轉身走過去，但她緊接著喊住了我，說她那裡有什麼東西要給我。這話讓我停了下來，於是我走進她的屋裡。當我再次看到這個房間的時候，我該如何表述我的感受……

「說真的，」老太太一邊說，一邊給我看一張小紙條，「本來只有在您上門的時候我才能將這封信交給您的，但您又是如此出色的一位年輕人。拿去吧。」

我接過了紙條。

在一張小紙片上用鉛筆匆忙、凌亂地寫著以下這些話：

> 永別了，我們不會再見面了。我並非因為驕傲而離開——不，我沒有別的選擇。昨天我在您面前哭泣的時候，假如您能對我說一句話，只要一句話——我就會留下來了。您沒有說。可見，這樣更好……永別了！

一句話……噢，我真是瘋子！這一句話……昨天我含著淚嘮嘮叨叨說的那句話，我對著風喊了多少回的那句話，我在空曠的荒野中多次重複確認的那句話……但我沒有跟她說這句話，沒有跟她說我愛她……當我在那間命中註定的房間裡見到她的時候，我的愛情在我的心中還沒有清晰的認知：這種清晰的認知甚至在我跟她的哥哥在缺乏理智、凝重沉鬱的緘默中坐著等待她的時候也沒能醒來……這種認知在我被不幸的可能性嚇壞了的時候，在我開始找她、呼喚她的時候，並再過了幾個剎那之後，才以一種無法遏制的力量爆發出來……但那時已經太遲了。「然而那是不可能的！」別人將會這麼對我說。我不知道，這是否可能，我只知道，這是真的。倘若阿霞身上哪怕有一絲賣弄風情的影子、倘若她的身分不是私生女，她就不會離開。她無法忍受任何別的女孩可以忍受的那些境遇，我並不明白這一點。在昏暗的窗前最後一次見到加京的時候，我的心魔阻止了我就要說出口的坦白：我本可以抓住的那最後一根稻草也從我手中滑落了。

同一天我帶著收拾好的行李箱回到L城，再乘船到了科隆。我還記得，輪船離港啟航的時候，我與那些街道默念著告別，與那些我永不會忘記的所有地方告別，我還看見了漢森。她坐在岸邊的長椅上。她的臉也是蒼白的，但並不憂傷。一個英俊的年輕人跟她並肩站在一起，微笑著，跟她說著什麼，而在萊茵河的另一邊，我小小的聖母雕像還是那樣憂鬱地從那棵老白蠟樹幽深的樹蔭中張望。

# 22

在科隆我偶然發現了加京他們的蹤跡。我得知，他們又去了倫敦，我也跟著去了，但在倫敦我沒找到他們。好久我都不願意放棄，一直堅持了很久，但最後我仍不得不放棄，放棄找到他們的希望。

我再也沒見過他們——再也沒見到阿霞。我聽到過一些關於加京的沒有證實的傳聞，但阿霞卻永遠消失在我生命中了。我甚至不知道她是否還活著。過了幾年後，有一次在國外、一節火車車廂裡，我倏忽見到有著我無法忘記的那張臉孔的一位婦女……但，我很可能是被那偶然的相似欺騙了。在我的記憶裡，阿霞永遠是我一生中最美好的時期認識的那個姑娘，那個我最後一次見到時倚在低矮的木椅背上坐著的姑娘。

不過，我得承認，我並沒有因為思念她而憂傷太久。我甚至覺得，命運沒把我與阿霞結合在一起算是一個好安排。我用一個想法寬慰自己，那就是我若擁有一位這樣的妻子，很可能並不幸福。那時候我還年輕——未來，短暫、轉瞬即逝的未來對於我來說該是無限寬廣。難不成過去的都不能再來一次嗎，我在想，不能變得更好、更美嗎？……我認識了其他的女人，但那種因阿霞而喚醒的情感，那種熱烈、溫柔、深沉的情感，已不復再來。沒有了！對於我，沒有一雙眼睛可以替代那雙帶著愛意望著我的眼睛，沒有一顆依偎在我胸前的心讓我的心可以那樣快樂和甜蜜地陶醉！就算我命中註定孤苦伶仃，像一個無田無地無家的單身漢苟且沉鬱無趣地過一生，但我仍可以像保護珍寶一樣保有她的信箋、那枝天竺葵乾燥花——就是她有一次從窗口拋給我的那枝天竺葵。這花直到今天還散發淡淡的香氣，而那隻伸向我的手、那隻我只有唯一一次機會吻過的手，也許，早已在墓穴裡腐爛……而我自己——我還有些什麼剩下？我還能剩下些什麼，那些無比幸福和忐忑不安的歲月還能剩下些什麼，那些帶著翅膀可以飛翔的希望和追求還能剩下些什麼？一株一文不值的花草散發出的淡淡的那一點氣息比一個人的所有快樂和所有痛苦都要活得更久——比一個人的身體活得更久。

# 屠格涅夫主要作品創作年表

**詩歌**

《黃昏》（一八三八）

《帕拉莎》（一八四三）

**隨筆集**

《獵人筆記》（一八五二）

**散文**

《回憶別林斯基》（一八六九）

**戲劇**

《單身漢》（一八四九）

《首席貴族的早餐》（一八四九）

短篇小說

《奇怪的故事》（一八七〇）

《契爾諾普哈諾夫的末日》（一八七二）

中篇小說

《多餘人日記》（一八五〇）

《木木》（一八五二）

《阿霞》（一八五八）

《初戀》（一八六〇）

《旅長》（一八六八）

《不幸的姑娘》（一八六九）

《草原上的李爾王》（一八七〇）

《春潮》（一八七二）

《愛的凱歌》（一八八一）

長篇小說

《羅亭》（一八五六）
《貴族之家》（一八五九）
《前夜》（一八六〇）
《父與子》（一八六二）
《煙》（一八六七）
《處女地》（一八七七）

初戀 / 伊凡・屠格涅夫著；駱家譯 . -- 初版 . -- 臺北市：時報文化出版企業股份有限公司 , 2021.03
256 面；14.8 x 21 公分 . --（愛經典；48）
ISBN 978-957-13-8636-2（精裝）

880.57 110001309

作家榜经典文库®

ISBN 978-957-13-8636-2
Printed in Taiwan

**愛經典0048**

**初戀**

作者—伊凡・屠格涅夫｜譯者—駱家｜編輯總監—蘇清霖｜編輯—邱淑鈴｜企畫經理—何靜婷｜美術設計—FE 設計｜內頁繪圖—Tetsuhiro Wakabayashi ｜校對—邱淑鈴｜董事長—趙政岷｜出版者—時報文化出版企業股份有限公司 108019 台北市和平西路三段二四〇號四樓 發行專線—（〇二）二三〇六—六八四二 讀者服務專線—〇八〇〇—二三一—七〇五、（〇二）二三〇四—七一〇三 讀者服務傳真—（〇二）二三〇四—六八五八 郵撥—一九三四四七二四時報文化出版公司 信箱—10899 台北華江橋郵局第 99 信箱 時報悅讀網—http://www.readingtimes.com.tw ｜電子郵件信箱—new@readingtimes.com.tw ｜法律顧問—理律法律事務所 陳長文律師、李念祖律師｜印刷—紘億印刷有限公司｜初版一刷—二〇二一年三月五日｜初版三刷—二〇二三年十月五日｜定價—新台幣三〇〇元｜（缺頁或破損的書，請寄回更換）

時報文化出版公司成立於一九七五年，並於一九九九年股票上櫃公開發行，於二〇〇八年脫離中時集團非屬旺中，以「尊重智慧與創意的文化事業」為信念。